Hell und Schnell – Die Sammlung komischer Gedichte
Herausgegeben von Robert Gernhardt und Klaus Cäsar Zehrer
Band 1

Titelillustration: Robert Gernhardt

Ein bravouröser Spieler mit Wort und Reim: Günter Nehm gilt unter Kennern als einer der ernstzunehmendsten humoristischen Dichter dieses Landes. Schüttelreim, Abecedarius, Palindrom, Akrostichon – Nehm flattert von Sprachspiel zu Sprachspiel, um aus den ehrwürdigen Techniken den Honig frischer Komik zu gewinnen. Robert Gernhardt stellt eine repräsentative Auswahl aus Nehms Werk vor: Eine Einladung, einen Dichter kennenzulernen, der ungewöhnliche Wege zum Lachen erkundet und erschlossen hat.

Günter Nehm, geb. 1926 in Wattenscheid, aufgewachsen in Clausthal und Aachen. Ab 1943 Luftwaffenhelfer. Nach dem Krieg Arbeit im Straßenbau, in der Landwirtschaft und im Bergbau. Ab 1949 Bergbaustudium mit Diplomabschluß. Ab 1953 bei verschiedenen Bergwerksgesellschaften im Ruhrgebiet tätig, hauptsächlich als Aufbereiter im Steinkohlenbergbau, zuletzt als Leiter der Qualitätsstelle. Seit 1983 im Ruhestand. Diverse Veröffentlichungen und Lesungen von Gedichten und Wortspielereien. Lebt in Recklinghausen.

Robert Gernhardt, 1937 in Reval/Estland geboren, studierte Malerei und Germanistik in Stuttgart und Berlin. Er lebt als freier Schriftsteller, Maler, Zeichner und Karikaturist in Frankfurt am Main.

Unsere Adresse im Internet: www.fischerverlage.de

Günter Nehm
Verspektiven

Ausgewählt von
Robert Gernhardt

Fischer Taschenbuch Verlag

Veröffentlicht im Fischer Taschenbuch Verlag,
einem Unternehmen der S. Fischer Verlag GmbH,
Frankfurt am Main, Juni 2006

Satz: Fotosatz Otto Gutfreund GmbH, Darmstadt
Druck und Bindung: Clausen & Bosse, Leck
Printed in Germany
ISBN-13: 978-3-596-17231-3
ISBN-10: 3-596-17231-4

Inhalt

I Schüttelreime

Schüttelreim: Sonderform des Doppelreims; die Anfangskonsonanten der am Reim beteiligten Wörter werden ausgetauscht, so daß eine neue sinnvolle Wortfolge entsteht.

Standpauke

Willst du mit diesen Wesen trinken,
die grölend dich zum Tresen winken
und die mit ihrem faden Lallen
dem Wirt bald in den Laden fallen?

Ich seh sie noch vom Trester wanken,
den alle zu Silvester tranken,
sich Schnaps in ihre Bowle hauen,
weil sie auf Alkohole bauen.

Beschau dir diese kecken Lümmel.
Sie kippen Korn und lecken Kümmel,
und hierdurch wird manch schlauer Ducker
vom braven Mann zum Dauerschlucker.

Sie mühen sich, dein Geld zu heben.
Dir rat ich, dich als Held zu geben.
Wenn sie schon wie die Kälber saufen,
solln sie den Schnaps doch selber kaufen.

Ina Seidel mit Mann auf Kreuzfahrt

Herr Seidel sagt: »Oh, Ina, sieh,
da hinten liegt der Sinai.
Ich will nicht über Lima klagen,
mir liegen diese Klimalagen.
Heut' machen wir in Lima Heia,
und morgen geht's zum Himalaja.«

Stürmische Autofahrt

Was sein Gemüt seit Füssen kühlte,
war, daß sie nichts beim Küssen fühlte.
Sein Streben, sich zu laben, schwand,
stur ging die Fahrt durchs Schwabenland.
Am schönen Rhein, auf Wein geeicht,
hat er sie langsam eingeweicht.
Sah er Dessous in Sachsen wehn,
konnt man die Liebe wachsen sehn.
Die Faust in Neheim-Hüsten ballt er:
»Jetzt runter mit dem Büstenhalter!«

Susanne im Bade

Ins Bad mich die Susanne winkt,
bevor sie in die Wanne sinkt.
Soll ich es mit Susanne wagen?
Was wird dazu die Wanne sagen?

Ausgefallene Wünsche

Schenk mir in deiner Kammer Huld,
dann pflege ich den Hammerkult,
gebiete deinem Kummer Halt
und mach dir einen Hummer kalt.

Katzenfutter

Tagtäglich wird die Mieze feister,
im Fressen ist sie Vizemeister.
Wenn ich mir's in den Kragen mämpfe,
ich hätte dauernd Magenkrämpfe.

Maos Souvenirs

Wenn ich den alten Mao bitt':
»Bring' mir was aus Bilbao mit!«,
dann kommt er auch nach Moabit
und bringt mir eine Boa mit.

Geschüttelte Eierballade

Am Montag schellt Herr Meier an.
Herr Meier ist der Eiermann.
Er trifft sich gern auf freier Au
mit Irma, einer Eierfrau.

Da er ein ernster Freier ist,
sagt er nach kurzer Eierfrist:
»Sag ja zur Hochzeitsfeier, Irma,
zwecks Gründung einer Eierfirma.«

Er schwärmt: »Nie geht ein Meier unter,
ihn halten frische Eier munter.
Gib nur auf deinen Schleier acht,
zur Hochzeit gibt's 'ne Eierschlacht.«

So kam's auch zu der Meier Ehr',
doch jetzt gab's keine Eier mehr.
Sie wurden durch die Feier arm,
und aus war's mit der Eierfarm.

Kurzum, nach alter Leier eben
verendeten zwei Eierleben
durch schicksalhafte Eierwende
vereint in einem Weiher. Ende.

Sinn des Strafvollzuges

Am Fluchtplan ohne Hast zu knobeln,
statt Bänke für den Knast zu hobeln,
den Riegel ohne Hast zu knacken,
statt Brennholz für den Knast zu hacken,
die Zellentür im Knast zu hebeln,
den Wärter ohne Hast zu knebeln,
die Laken ohne Hast zu knüpfen,
das hilft dir, aus dem Knast zu hüpfen.

Ein weihnachtlicher Gänsemarsch

Wenn Gänse durch den Brei nachts waten,
dann woll'n sie ihrer Zucht entflieh'n,
dem harten Los als Weihnachtsbraten
klammheimlich sich durch Flucht entzieh'n.

Das Tor blieb wie zum Hohne offen.
Der Tod jedoch im Sensengang,
er ließ die Truppe ohne Hoffen,
ein schaurig' Lied den Gänsen sang.

Es liegt, das Leben schlecht zu achten,
die Weihnacht als »Verzeihnacht« weit,
die Absicht, nicht mehr echt zu schlachten,
hat bis zur nächsten Weihnacht Zeit.

Mit scharfem Dolch ins Ziel zu steigen,
ist alles, was ein Täter braucht.
Für Gänse heißt es, Stil zu zeigen,
eh' man sie in den Bräter taucht.

Ob die noch ahnen, wennse garen,
daß sie mal stolze Gänse waren?
Das Fest der Liebe, das Welten versöhnt,
das hat die Gänse nur selten verwöhnt.

Das Trinkersonett

Ein volles Glas gibt Anlaß, mehr zu lachen,
weil es den Menschen mit Gewinn versöhnt
(ihn reizt, es schnellstens leer zu machen)
und dabei Zunge, Herz und Sinn verwöhnt.

Ein leeres Glas kann keine Lust verbreiten,
weshalb sich niemand um das Hohle reißt.
Zum Jubeln kann es keine Brust verleiten,
bis »Eingegossen!« die Parole heißt.

Es hat ein Glas noch nie an Sinn gewonnen,
wird es, um klar zu blinken, nur geputzt.
Doch ist der Mensch mehr auf Gewinn gesonnen,
wird es durch Füllen, Leeren pur genutzt.

Es wundert nicht, daß von der Kehle Sünden
oft tiefe Schäden mancher Seele künden.

Schüttelreime von A bis Z

Beamten, die zu **A**kten neigen,
ist oft ein Hang zu Nackten eigen.

Es hapert oft die **B**auchentleerung
durch Knob- und Zwiebellauchentbehrung.

Wer es versteht, mit **C**harme zu walten,
weiß, sein Gemüt auf warm zu schalten.

Nicht Damokles' so rauher **D**egen,
uns droht ein dicker Dauerregen.

»Statt Schlachtung«, sprach der **E**nterich,
»bezöge lieber Rente ich.«

Es kann der Brand beim **F**euerschüren
leicht in die eigne Scheuer führen.

Gepriesen sei die **G**unst des Könnens,
doch größer ist die Kunst des Gönnens.

Wie herrlich duften **H**eckenrosen.
Verheerend stinken Reckenhosen.

Ein scharfer Blick die **I**nsel peilt,
eh' übers Blatt der Pinsel eilt.

Kein Jüngling soll in **J**ugendtagen
der Jungfrau nach der Tugend jagen.

Was ich mir in den **K**ragen mampf,
verursacht oftmals Magenkrampf.

Es sollten sich die **L**eichenblassen
nicht noch die Haare bleichen lassen.

Ein Mädchen, das gern **M**yrten flöchte,
mag keinen, der nur flirten möchte.

Die Brut benötigt **N**esterfahrung
für den Verzehr von fester Nahrung.

Will nie vor dir ein **O**chse beben,
dann mach dir Mut und boxe eben.

Man darf, was feine **P**inkel wissen,
doch nicht in jeden Winkel pissen.

Die Qual läßt sich an **Q**uellen stillen,
die an bekannten Stellen quillen.

Gereizt durch einen tollen **R**ausch
begann abrupt der Rollentausch.

Es zeigt die Glut von satten **S**cheiten
des Daseins Licht- und Schattenseiten.

Schön wär's, wenn mir die **T**ante Käte
was auf die hohe Kante täte.

Als der Verliebten **U**nterbau
reicht eine Bank auf bunter Au.

Ich will mein Herz der **V**era geben,
mein Eheglück in Gera weben.

Die wunden Kehlen beizen wir
beim Wandern gern mit **W**eizenbier.

Sei, Xenia, in **X**anten braver,
die treuen Augen brannten Xaver.

Die Yperner in **Y**pern zahlen,
bevor sie sich auf Zypern aalen.

Von Selbstlob soll die **Z**unge schweigen,
die Tat soll man im Schwunge zeigen.

II Reimspezialitäten

Doppelreimrezept

Durch Wortauswahl und Koppelleim
kommt man zu einem Doppelreim,
auf den jedoch beim Dichten man
auch gut und gern verzichten kann.
Den Doppelreim zum Sportziel setzt
nur einer, der das Wortspiel schätzt.

Wallensteins Tod

Zum großen Feldherrn Wallenstein
sprach einst ein Arzt aus Allenstein:
»Sie müssen wohl befallen sein
von einem bösen Gallenstein.

Drum nehmen Sie, Herr Wallenstein,
dies Pülverchen zum Knallen ein,
und sicher wird der Gallenstein,
wenn's knallt, zu Staub zerfallen sein.«

Und so geschah's in Allenstein.
Man hörte noch ein Lallen: »Nein!«
Für immer zog die Krallen ein
der große Feldherr Wallenstein.

Mein Rat, er leuchtet allen ein:
Trau keinem Arzt aus Allenstein,
spreng niemals einen Gallenstein,
denk an den Feldherrn Wallenstein!

Zwischen Reibeplätzchen und Pfannekuchen

Du fragst, warum ich bleibe, Schätzchen?
Ich warte noch auf Reibeplätzchen.
Drum laß mich nicht mehr bange lauern,
denn sollte das noch lange dauern,
dann kannst du mich bei Hanne suchen,
die backt die besten Pfannekuchen.

Kein Diebstahl

Ein Herz, geraubt in Liebesglut,
ist laut Gesetz kein Diebesgut.
Es gilt, mit ihm in Glück zu leben.
Man braucht es nicht zurückzugeben.

Der Gesundheitsapostel

Er schätzte nicht des Lebens Buntheit
und lebte einzig der Gesundheit.
Die Freude war unsäglich rar,
was fast schon unerträglich war.

Er ging von einer strengen Norm aus,
ernährte sich aus dem Reformhaus,
blieb tugendvoll und ehrenhaft
bei Haferbrei und Beerensaft.

Ihn lockte manches Weib vergeblich.
Er stählte seinen Leib erheblich,
mied Nikotin und Alkohol
und riet, daß man Sinalco hol'.

Verachtend alle blauen Dünste,
verfiel er nie der Frauen Künste,

wenn's ihn auch noch so heftig trieb.
Sein Ziel war, daß er kräftig blieb.

Ein hohes Alter zu erschleichen,
sucht' mit Gewalt er zu erreichen.
Doch lag er auf der Bahre bald,
taufrisch, kaum dreißig Jahre alt.

Als die noch nicht vorüber waren,
hat ihn ein Auto überfahren.
Sehr wenig nützt enthaltsam sein,
stellt sich der Tod gewaltsam ein.

Liederliche Limericks

Ich liebte ein Mädchen in Ründeroth,
durch die mir nur Schande und Sünde droht.
Sie hat mich erhascht
und einfach vernascht,
obwohl ich ihr gar keine Gründe bot.

Ich liebte ein Mädchen in Erlenbach,
die wird bei dem Anblick von Perlen schwach.
Wenn man sie beschenkt,
mit Flitter behängt,
dann läuft sie den miesesten Kerlen nach.

Ich liebte ein Mädchen in Kettenbach,
mit der gibt es nachts in den Betten Krach.
Wir fuhren aufs Meer
und liebten uns sehr,
doch machten wir alle Kadetten wach.

Kleider machen Leute

Ein altes Sprichwort gilt noch heute,
es lautet: Kleider machen Leute.
Erfunden haben es die Schneider,
denn diese Leute machen Kleider.

Sie forschen erst einmal bescheiden,
welch eine Stellung wir bekleiden,
um die Entscheidung dann zu fällen,
welch eine Kleidung wir bestellen.

Sie können, wer will das verwehren,
hierbei ihr Geld erfolgreich mehren,
und dafür werden wir nicht selten
hierdurch als mehr erfolgreich gelten.

Reim dich!

1. Doppelreime

Schöne Söhne preisen Reisen.
Elfen helfen weisen Greisen.
Kunden munden reine Weine.
Kassen hassen kleine Scheine.
Eichen weichen schlichten Fichten.
Vettern klettern, Nichten dichten.
Frauen trauen kecken Recken.
Reiche Scheiche schlecken Schnecken.

2. Wechselreime

Diebe schätzen lange Finger.
Hiebe ätzen bange Ringer.
Pächter klauen feine Gurken.
Wächter hauen kleine Schurken.
Scheiche lieben schicke Beine.
Reiche schieben dicke Scheine.
Rocker schlagen, Schlingel rocken.
Zocker tragen Ringelsocken.

3. Schüttelreime

Heiser wandeln Säuferkehlen.
Weiser handeln Käuferseelen.
Sachsen wollen heiße Ware.
Wachsen sollen weiße Haare.
Weise grollen, Kunden wühlen.
Greise wollen Wunden kühlen.
Halte weiter deine Richtung.
Walte heiter, reine Dichtung!

Fette Beute

Eine kleine Ratte hatte
nette, fette Beute heute,
schaffte, raffte eine feine
breite Seite Speck weg;
schaute, kaute, guckte, schluckte,
leckte, schmeckte, nagte, sagte
froh und bieder:
»Leute, heute schmeckt's mal wieder!«

Eine kleine, dicke, schicke,
nette, fette, satte Ratte
fetzte letzte miese, fiese,
harte Schwarte keck weg;
rang sie, schlang sie munter runter,
lachte sachte, strahlte, prahlte:
»Rucki-zucki,
Schlecken, Specken, das gibt Mucki!«

Wenn der Killer HAI sagt

Ihre Stimme klang bescheiden:
Na, wie wär es mit uns beiden?
Als ich nach dem Preis gefragt,
hat mein Portemo NEE gesagt.

Als ich fragte, frank und frei,
ob er auch genießbar sei
bei der Unterwasserjagd,
hat der Kabel JAU gesagt.

Dieses Tier bringt mich in Not –
einen Biß, und ich bin tot.
Als ich einen Gruß gewagt,
hat der Killer HAI gesagt.

Dieser bunte Vogel ist
einer, der gern Käse frißt.
Nach dem Leibgericht befragt,
hat der Koli BRI gesagt.

Eines weiß ich ganz genau:
Melanie wird meine Frau.
Doch nach dem Termin befragt,
hat die Mela NIE gesagt.

Ich hab gleich daran gedacht,
daß die Liebe durstig macht.
Nach dem Wunschgetränk befragt,
hat die Doro TEE gesagt.

Hochzeit war ihr höchstes Ziel.
Seine Liebe war nur Spiel.
Immer wenn sie ihn gefragt,
hat der Archi BALD gesagt.

Trotz der festen Hoffnung lief
ihm seit Tagen alles schief.
Nach der Stimmung drauf befragt,
hat der Opti MIST gesagt.

Seiltanz hat er kühn gemeistert
und sein Publikum begeistert.
Abgestürzt und schwer verletzt,
hat der Appl AUS gesetzt.

Nach Spalten und Zeilen zu lesen

Was ich von dir halte

Du sprichst allein	Die reine Wahrheit
Gemeine Lügen	Schätzt du nicht
Du setzt dich ein	Für Recht und Klarheit
Für das Betrügen	Gilt Verzicht
Du bleibst für mich	Getreu und gut
Ein Schweinehund	Kannst du nicht sein
Das nenne ich	Viel Edelmut
Charakterschwund	Stellt sich nicht ein.

Du findest, das Gedicht sei eine bodenlose Frechheit. So, wie der Schriftsetzer es fälschlicherweise gesetzt hat, ist es in der Tat gemein! Doch rück' mal die Zeilen in der Mitte zusammen, so daß nur eine Strophe mit acht Zeilen entsteht. – Hab' ich nicht eine prima Menschenkenntnis?!

Doppelsinniges Trinklied

Durstgeplagte Wesen trinken	Wasser aus den Wasserhähnen
Schnäpse, die vom Tresen winken	Kann man nur mit Haß erwähnen
Schwerlich können Kräfte siegen	Hat man eine Bar gefunden
Wenn wir Milch und Säfte kriegen	Ist die Durstgefahr gebunden.

Enthaltsamkeit und Schlemmerei

Es gehört zu unsren Pflichten

Auf Gelage zu verzichten
Es zählt zu den Missetaten
Hammel- und auch Schweinebraten
Niemals sollte man vergessen
Knapp und anspruchslos zu essen

Zur Ernährung kann nicht schaden
Müsli aus dem Ökoladen
Klar, daß man beim Essen trinkt
Wenn ein Glas voll Wasser winkt
Niemals sollte dich bedrängen
Ein Menü mit sieben Gängen
Schlemmen fördert ohne Frage
Kummer, Leid und Schmerz zutage

Reichlich und auch fett zu speisen
Kann sich nur als falsch erweisen
Rohe Möhren zu verzehren
Soll man möglichst oft begehren

Sich den Teller vollzupacken
Führt zu Bauch- und Darmattacken
Schmalzgebäck und Süßigkeiten

Dazu laß dich nicht verleiten
Jede Menge Bier und Wein
Dazu sage deutlich »nein«
Ein Gericht aus Blattsalat
Ist besonders delikat
Eine lange Lebenszeit
Bringt nur die Enthaltsamkeit.

Zweifelhafte Komplimente

Du warst für mich schon immer
Das schönste Frauenzimmer
Und dich verlassen nie
Dein Charme und dein Esprit
Stets werde ich begehren
Nach dir mich zu verzehren
Es wär nicht zu ertragen
Dir einfach zu entsagen

Ein widerlicher Besen
Bist du noch nie gewesen
Die Freuden am Betrügen
Sind nichts als lauter Lügen
Nach andren Frau'n zu streben
Das wird es niemals geben
Ein Leben nur mit dir
Ja, dieses wünsch ich mir.

Geburtstagsglückwunsch

Jeder zählt dich
Zu der Jugend
Ich vermisse
Keine Tugend

Zu den Alten
Zählst du nicht
Frische Farbe
Ist in Sicht.

Dich begleite
Gottes Segen
Nie verspüre
Sturm und Regen

Schlechte Laune
Walte nimmer
Lust am Leben
Aber immer.

Drum verachte
Jede Knute
Zum Geburtstag
Alles Gute

Optimismus
Soll bestehen
Alles Miese
Mag vergehen.

Her und Hin

Reimworte rückwärts

Was macht am Ufer der REBIB?
Er süppelt LESUF NEGILLIB.
Der feinen, zarten ELLEBIL
schmeckt ganz allein EDANOMIL.
Es trinkt der alte UBARAM
voll Wonne den RETTIBNEGAM.
Dagegen schätzt der NIUGNIP
am allermeisten RENESLIP.

ARTAMUS

RIM REBEIL LEIV UD TSERÄW,
REIH NEGEG ADUD TSERÄW,
AD TSIB UD LESNIADNUS,
ARTAMUS O ARTAMUS.

SUMATRA O SUMATRA,
SUNDAINSEL DU BIST DA,
WÄREST DU DAGEGEN HIER,
WÄREST DU VIEL LIEBER MIR.

Keine sehr kluge Entscheidung

Er sah sie bei den Karten sitzen,
schon drängte es ihn, kie zu bitzen.
Auf Buben schwörend reizte sie,
er aber litt und bitzte kie.
Verzweifelt hat er kie gebitzt,
doch ist er bei ihr abgeblitzt.

Er wollte gern ihr Herz besitzen,
versuchte, es ihr sti zu bitzen.
Er war verliebt, kaum sah er sie,
ging er ihr nach und bitzte sti.
So hat er kie und sti gebitzt,
doch ist er bei ihr abgeblitzt.

Er wollte sich daran erquicken,
mit ihr im Grünen pick zu nicken,
und meinte, es sei wirklich schick,
wenn sie mit ihm mal nicke pick.
Doch niemals hat sie nick gepickt.
Die Lage schien ihm sehr verzwickt.

Dann waren beide fest verdrahtet,
sie hatten schließlich hei geratet.
Kein Besserer kam mehr vorbei,
drum sagten sie: Wir raten hei.
Oft zählt man zu den klugen Taten,
spontan und vorschnell hei zu raten.

Jedoch die Zeiten wurden trüber.
Bald waren sie sich drüssig über.
Er schätzte es, laut kra zu keelen,
sich schließlich völlig emp zu fehlen.
Moral: Der Wunsch zu schlafen bei
gibt keinen Grund zu raten hei.

Wenige sind berufen

Die Schule machte mir schon immer
im tiefsten Herzen größten Kimmer.
Weil man doch vieles sehr vermißt,
hat man nicht richtig aufgepißt.

Es wäre mir bedeutend wöhler,
wär ich ein vorbildlicher Schöler,
der zuverlässig und bestimmt
stets auf die besten Noten kimmt.

Doch kann ich, glaubt man den Gerüchten,
zum Ausgleich hierfür prima düchten,
was jeder Mensch sofort verspürt,
der diese schönen Verse hürt.

Mit dem Zitieren meiner Reime
erwecke ich die schönsten Treime.
Mir ist in Ehren zugeneigt
die Welt, die mir zu Füßen leigt.

Um meine Dichtkunst zu erfassen,
muß Goethe, Schiller man vergassen,
sind Faust und Glocke etwas dünn.
Gebt zu, daß ich der Größte bün!

Von Viren und Bazollen

Immer wenn der Winter naht
und das Jahr zu Ende gaht,
wenn die ersten Flocken fallen
und nicht liegen bleiben wallen,
wenn wir uns mit nassen Füßen
quälen durch vermatschte Strüßen,
wenn fast alle Nasen tropfen,
ist er da, der große Schnopfen.

Wenn aus roten Nasenknollen
sich die Viren und Bazollen,
um uns alle zu vergraulen,
in der frischen Luft vertaulen,
stets bereit, uns anzugreifen,
folgt das große Naseschneifen.
Warnend sag ich schon sehr früh:
»Schnupfen, laß mich bloß in Rüh!«

Insektenschicksal

Sein ganzer Lebensmut versinkt,
wenn ein Insekt in Sekt ertrinkt.
Sein Los beklagen sehr betreten
Insekten, die in Sekten beten.

Leibeslust und Liebesleid

Laura und Leopold liebten sich lüstern,
glühend und glücklich in garstiger Gier,
flirteten fleißig mit Flehen und Flüstern
bebenden Busens bei Bockwurst und Bier.

Leider war Laura ein lockeres Luder,
schwach nur beschattet von Scham oder Scheu,
pinselnd die Poren mit poppigem Puder
hockte sie heimlich mit Herbert im Heu.

Leopold, leider sehr leicht zu verletzen,
schnappte die Schere in schmollendem Schmerz,
senkte sie sicher mit sanftem Entsetzen
hurtig dem Herbert ins hoffende Herz.

Laura schrie lauthals: »O Leo, du Lümmel«,
ratlos und restlos der Ruhe beraubt,
kippte vor Kummer drei Korn und sechs Kümmel,
hieb dann dem Holden den Hammer aufs Haupt.

Laura, verlangend nicht länger zu leben,
warf sich ins Wasser im weißen Gewand.
Nicht in der Nähe und nirgends daneben
hob sich voll Huld eine helfende Hand.

Sündig versiegten drei seichte Versager.
Nunmehr nach nagender Not und Manie
liegen drei leblose Leichen auf Lager.
Segnet die Seelen und sorgt euch um sie!

Benehmen ist Glückssache

Wenn wir einmal in Essen essen, essen wir diät.
Als wir einmal von Kamen kamen, kamen wir zu spät.
Wenn wir einmal in Singen singen, singen wir im Takt.
Wenn wir in Baden-Baden baden, baden wir nur nackt.
Wir fielen etwas aus dem Rahmen, als wir nach Witzwort kamen.

Wenn wir in Betten Betten betten, betten wir uns ein.
Wenn wir einmal in Kempen campen, campen wir im Frei'n.
Wenn wir etwas in Werden werden, werden wir senil.
Als wir einmal in Schlieven schliefen, schliefen wir sehr viel.
Wir wollen eine Reise buchen und Schnarchenreuth besuchen.

Wir werden uns in Aalen aalen, Aalen tut so gut,
und wenn wir was in Schüren schüren, schüren wir die Glut.
Wenn wir einmal in Asten asten, asten wir sehr schwer,
und wenn wir dann in Kotzen kotzen, kotzen wir uns leer.
Wir werden sicher zu Banausen demnächst in Gammelshausen.

Wenn wir einmal in Siegen siegen, siegen wir nur knapp.
Wenn wir einmal nach Laufen laufen, laufen wir uns schlapp.
Wenn wir einmal in Schießen schießen, schießen wir mit Colt.
Wenn wir einmal in Ringen ringen, ringen wir um Gold.
Uns schwarzen Seelen würde frommen, nach Himmelreich
zu kommen.

III Zwillingsreime

Gewalttäter

Da zu Gewalt die Täter neigen –
das ist brutalen Tätern eigen –,
mag Sühne hart den Täter strafen,
wie Pfeile einst des Täters trafen.
Es möge, dem Gericht ergeben,
gerechte, strenge Richter geben.

Meine drei Freundinnen

Täglich eine schicke Nelke
schenk ich meiner schicken Elke,
deren Antlitz hell erstrahlt.
Gerne schwör ich sieben Eide,
daß ich niemals sie beneide,
weil mein Antlitz heller strahlt.

Manches kann ich in Gedanken
meiner lieben Inge danken,
die verärgert leider fuhr.
Sie könnt meinen Geist erwecken,
doch auch böse Geister wecken,
wodurch ich viel Leid erfuhr.

Gern fahr ich zu Anke raus,
werf dort meinen Anker aus.
Weltenweit erfahren
schau ich kurz bei Anke rein,
hole meinen Anker ein
und muß weiterfahren.

Kompliment

O du meine schlanke Ranke,
du wirst immer schlanker, Anke!

Krieg lohnt sich nicht

Leuten, die den Krieg erleben
und riskant als Krieger leben,
es am Ende schlecht ergeht.
Sollte sich ein Sieg ergeben,
kann es sogar Sieger geben,
denen es noch schlechter geht.

Entschuldigung

Als ich heute früh erfuhr,
daß der Zug schon früher fuhr,
hab ich das zu spät erfahren,
und ich mußte später fahren.
Wenn ich auch zu spät erfuhr,
daß der Zug heut später fuhr,
hab ich doch heut früh erfahren:
Morgen mußt du früher fahren.

Auf Kreuzfahrt

Der Steward steht am Achterdeck,
damit den Tisch für acht er deck,
und während andre träge rasten,
muß mühsam er als Träger asten.
Als Lohn wird dort der Steward essen
mit sieben flotten Stewardessen.

Romanze auf dem Dorfteich

Es brüstet sich der Enterich:
»Die fettste Ente enter ich!«
Doch kurz darauf bekennt er: »Ich
verzichte drauf, sonst kenter ich.
Als mausetoter Enterich
beziehe niemals Rente ich.«

Selbstlose Liebe

Schatz, du weißt, ich liebe Ringe,
doch du bist mir lieber, Inge.
Kalt den Vorteil er bedachte,
als er an ihr Erbe dachte.
Was nur schenk ich meiner Inge,
wenn ich um die Meine ringe?
Sage, Ingeborg, mir, was?
Aber, Inge, borg mir was!

Übermut tut selten gut

Im Besitze blauer Scheine
ich sehr gerne blau erscheine.
Schließlich will ich was erleben
und nicht nur von Wasser leben.

Standortnachteil

Nachteil auf dir, kahler Asten,
ist das vertikale Rasten.

Achtung Diebe

Böse Diebe klauten Waren,
böse die Beklauten waren.

Ernste Mahnung

Alter Eimer, zeige Treue,
Alte Reimer, zeiget Reue.

Pennersorgen

Beibehält er: Decke loben.
Bei Behälter Deckel oben.

Lastenausgleich

Träger, aste nimmer.
Träge rasten immer.

Anleihe bei Ringelnatz

Daddeldu, wir sterben.
Daddel, du wirst erben.

IV Sammansatz mit ...

Vivaldi

Nun hör dir diese Töne an.
Hör zu, VIVALDI jaulen kann.

Los Angeles

Das Ungeheuer von Loch Ness
ist wieder da, LOS ANGELES.

Manhattan

Schweig still, wenn man von Liebreiz spricht.
MANHATTAN oder hatten nicht.

Indiana

Nicht einer kennt in diesem Haus
sich INDIANA lytik aus.

Singapur

Den Kammerton alleine nur
will ich jetzt hören: SINGAPUR.

Kamerun

Laß mich in deiner KAMERUN,
sehr Schönes wüßt ich dort zu tun.

Veranda

Ganz unbedarft durch Spanien rennt,
VERANDA lusien noch nicht kennt.

Warschau

Ich weiß es heute ganz genau:
Die große Leidenschaft WARSCHAU.

Schwerin

Das harte Training half enorm,
jetzt ist er wieder SCHWERIN Form.

Boppard

Moderne Gunst macht ganz beglommen.
Mit BOPPARD darfst du mir nicht gommen.

Altistin

Die Jugend bringt uns viel Gewinn,
doch nicht nur die, auch ALTISTIN.

Libero

Gekochter Spargel macht mich froh.
Karotten eß ich LIBERO.

Abenteuer

Mit dieses Reitstalls besten Pferden
kann so ein ABENTEUER werden.

Museum

Ich glaube, dieses Publikum
bringt noch die letzte MUSEUM.

Morgenrock

Ich gehe immer dann am Stock,
wenn ich schon früh am MORGENROCK.

Dandy

Die Ehe ist kein Paarlauf nicht,
erst kommt die Kür und DANDY Pflicht.

Minnesota

In diesem Bundesstaat allein
scheint MINNESOTA bu zu sein.

Wasserräder

Sie rät mit ihm voll Sympathie,
Doch WASSERRÄDER ohne sie?

Travestieren

Man könnte die Geduld verlieren,
wenn Angler in die TRAVESTIEREN.

Boulevard

In Gips erst war dem Melker klar,
daß diese Kuh ein BOULEVARD.

Kandidaten

Weil ich die Schwierigkeiten kenn,
frag ich mich bloß: KANDIDATEN?

Prophylaxe

Den Wasserfall hinauf ist Taxe,
doch nur für echte PROPHYLAXE.

Vogesen

Er mußt die Vaterschaft gestehn,
dann ward er nirgend VOGESEN.

Derwisch und Musentempel

So bringt DERWISCH dir gar nichts ein.
Darunter MUSENTEMPEL sein.

Dinieren und observieren

Schlägt das Essen auf DINIEREN,
muß man reichlich OBSERVIEREN.

V *Heiter weiter*

Modernes Theater

Theater bieten dann und wann
gewagte Bühnenwerke an.

Es wird geklatscht wie auch gepfiffen,
und keiner hat das Stück begriffen.

Es gibt auch gar nichts zu begreifen.
Ein Wunder, daß nicht alle pfeifen.

Das ganze Stück ist ein Malheur,
bemängelt selbst der Regisseur.

Das ist doch allgemein bekannt,
erläutert ihm der Intendant.

Aus diesem Stück wird keiner schlau,
behauptet die Garderobenfrau.

Das war die blödeste Premiere,
betont die zweite Garderobiere.

Wo liegt hier bloß der tiefre Sinn,
fragt sich die Platzanweiserin.

Die Spots vielleicht ein bißchen heller,
ruft selbstbewußt der Hauptdarsteller.

Wo bleibt der Ruhm? Wo bleibt das Geld?,
fragt nun der jugendliche Held.

Mir fehlt die neue Perspektive,
erklärt die jugendlich Naive.

Stets schneiden uns die Kolumnisten,
beklagen sich nun die Statisten.

Der Baß ist eine trübe Tasse,
bemerkt die Dame an der Kasse.

Ihr hört nicht zu, ich werde böse,
droht aus dem Kasten die Souffleuse.

Ich brauche zwanzig Chinakracher,
ruft plötzlich der Geräuschemacher.

Wir brauchen zwanzig Flaschen Trester,
tönt aus dem Graben das Orchester.

Ich hätt' es auch gern etwas feuchter,
schimpft hoch vom Balken der Beleuchter.

Uns wären Leichtkulissen lieber,
so meckern die Kulissenschieber.

Die Tänzerinnen sind zu fett,
verkündet jemand im Parkett.

Die Klofrau meint: Das klappt doch nie
bei dieser Choreographie.

Nicht nackend, nein, ich bin dagegen,
sagt die Soubrette, leicht verlegen.

Bei Weigerung gibt's keinen Lohn,
versetzt ihr kalt die Direktion.

Kein Stück war jemals strittiger,
schreibt ein bekannter Kritiker.

Die Inszenierung ein Dilemma,
steht in der Frauenzeitschrift *Emma*.

Die Schamgefühle sind verletzt.
Das Stück wird wieder abgesetzt.

Kleine Ursache, große Wirkung

Einst fühlte sich im Garten Eden
der Mensch geborgen und zu Haus,
ging mit Gesang und frommen Reden
bei seinem Schöpfer ein und aus.

Ein Apfeldiebstahl schon genügte –
des Herrgotts Mühlen mahlen schnell –,
daß man den Rausschmiß gleich verfügte
durch Sühneengel Gabriel.

So ging das Paradies verloren
samt Unschuld und Unsterblichkeit.
In Sünde wird der Mensch geboren,
begrenzt ist seine Lebenszeit.

Für nährstoffreiche Apfelbisse
bestraft man ihn mit Tod und Leid.
Mein lieber Herrgott, ich vermisse
hier die Verhältnismäßigkeit.

Du könntest das doch korrigieren,
daß wir – leih gnädig mir Dein Ohr –
nicht gleich das Paradies verlieren.
(Ich schlag ein paar Radieschen vor.)

Fisch am Haken

»Ich arme Seele«, klagt die Makrele.
»Sie hängt am Haken«, jammern die Kraken.
»Sie muß dran glauben«, gurren die Tauben.
»Man wird sie töten«, quaken die Kröten.
»Sie wird erstochen«, brummen die Rochen.
»Ist das ein Kummer«, schluchzen die Hummer.
»Es ist zum Heulen«, weinen die Eulen.
»Man wird sie verspeisen«, zwitschern die Meisen.
»Es ist zum Flennen«, tucken die Hennen.
»Sie muß sich befreien«, meinen die Schleien.
»Sie wird es nicht schaffen«, fürchten die Affen.
»Sie muß es nur wollen«, rufen die Schollen.
»Sie ist nicht so helle«, sagt die Forelle.
»Du bist mir zu klein«, murmelt der Hein,
»Du sollst nicht bluten, ab in die Fluten.«
»Es gibt noch Wunder«, jubelt die Flunder.

Wunderland

Der Kugelfisch ist kugelrund,
ganz platt ist eine Flunder;
zum Staunen gibt es manchen Grund,
die Welt ist voller Wunder.

Wenn uns die Frühlingssonne lacht,
blühn Kirsche und Holunder.
Die Welt ist voller Blütenpracht,
das Leben voller Wunder.

Ein ganz besonders guter Wein
ist sicher der Burgunder.
Kaufst du ihn unverfälscht und rein,
dann ist auch das ein Wunder.

Ein Wunder macht nicht immer froh,
zufrieden und gesunder;
denn jeder dritte Säuglingspo
ist, wie man hört, ein wunder.

Kein Herz für Kinder

»Der Frau Hagen ihre Blagen
liegen mir schon lang im Magen.
Schrecklich, wie sich die betragen,
ohne Anstand, muß ich sagen.

Der Frau Sören ihre Gören
können mich erheblich stören.
Ständig muß ich mich empören,
weil die Gören so schlecht hören.

Der Frau Langen ihre Rangen,
die verbreiten Angst und Bangen.
Sonst ist mit den falschen Schlangen
wirklich gar nichts anzufangen.«

Täglich redet so Herr Schinder
und sein Eheweib nicht minder.
Leider, so was sieht ein Blinder,
haben sie kein Herz für Kinder.

Komische Figuren

Auf der gräserlosen Wiese
vor dem abgrundtiefen Berg
stehn ein klitzekleiner Riese
und ein riesengroßer Zwerg.

In geschwätzigstillem Schweigen
spricht der Riese klitzeklein:
»Wenn wir langsam abwärts steigen,
werden wir bald oben sein.«

»Kürzer sollten wir nicht warten«,
meint der riesengroße Zwerg,
»wenn wir morgen zeitig starten,
stehn wir gestern auf dem Berg.«

»Ihr seid komische Figuren«,
meint die Wiese gräserlos,
»gradewegs auf krummen Touren.
Sagt mal an, wer seid ihr bloß?«

Sehr behäbig, doch bescheiden
prahlen diese nun geschwind:
»Du sollst wissen, daß wir beiden
die drei Musketiere sind.«

Überwiegend heiter

Ach, was ist das Dasein öde,
ohne jeden Zweck und Sinn,
daß ich langsam schon verblöde,
aber dennoch heiter bin.

Niemals werde ich gescheiter,
nicht einmal um eine Spur,
mache, überwiegend heiter,
eine komische Figur.

Habe ich mal große Schmerzen,
breche ich mir Arm und Bein,
singe ich aus vollem Herzen:
Laßt uns froh und munter sein.

Darmverschluß und Kreislaufstörung
oder was mir sonst noch blüht,
bringen keinerlei Empörung
durch mein heiteres Gemüt.

Falle ich die Treppe runter,
breche ich mir das Genick,
danke ich noch froh und munter
diesem gütigen Geschick.

Mein Rezept: Statt weher Klage
gegen Kummer, Schmerz und Leid
hilft in jeder Lebenslage
pure, sture Heiterkeit.

Nostalgie auf Schienen

In gesellschaftlichem Kreise
wird das Wörtchen »Puff« ganz leise
nur genannt, da jedermann
Liebeslust und Liebeslaster
gegen eine Menge Zaster
käuflich dort erwerben kann.

Wird das Wort jedoch verdoppelt
und ans Schienennetz gekoppelt,
dann erscheint mit viel Elan
unter Dampf die hochgelobte,
altbewährte, krafterprobte,
treue Puff-Puff-Eisenbahn.

Mit ein wenig Sprachverständnis
reift so langsam die Erkenntnis:
Zweimal Puff erfreut unbändig,
einmal Puff ist unanständig.

Auf Beobachtungsposten

Ein Sehmann liegt am Meeresstrand
mit einem Fernglas in der Hand,
um die Objekte ganz verstohlen
so nah wie möglich ranzuholen.

Er hat im weiten Strandrevier
die Düne dreizehn im Visier,
und was er sieht, das sieht er nah
als Zaungast bei der FKK.

Nicht immer schreibt man an der See
das Wörtchen »Seemann« mit zwei e.

Vorsicht Knastgefahr

Von kriminellen Taten
wird dringend abgeraten.
Schnell kommst du in Bedrängnis
und landest im Gefängnis.

Das seltsame Vergnügen,
durch Lügen und Betrügen
die andren zu verladen,
kann dem Charakter schaden.

Das Stehlen von Juwelen
ist auch nicht zu empfehlen.
Schon durch ein bißchen Klauen
verspielst du das Vertrauen.

In Banken einzudringen,
kann gleichfalls Ärger bringen.
Nicht jeder ist geboren
zum Knacken von Tresoren.

Es gilt als sehr vermessen,
sich Gelder zu erpressen.
Du wirst als Messerstecher
sofort zum Schwerverbrecher.

Man muß es schon verstehen,
ein krummes Ding zu drehen,
sonst geht die ganze Chose
am Ende in die Hose.

Willst du im Trüben fischen,
dann laß dich nicht erwischen.
Statt auf dem grünen Aste
sitzt du schon bald im Knaste.

Die schwedischen Gardinen
verfinstern alle Mienen,
doch liefern sie die Muße
zur Reue und zur Buße.

Du trittst nach langen Jahren
geläutert und erfahren
und für die Zukunft helle
vergnügt aus deiner Zelle.

Es drückt dir ohne Ende
der Wärter seine Hände.
Du warst bei ihm im Knaste
jetzt lang genug zu Gaste.

Er kann sichs nicht verkneifen,
zum Abschied laut zu pfeifen
das schönste seiner Lieder:
»Ach Junge, komm bald wieder«.

Mann im Kleiderschrank

Frau Liese Zander, schlank und rank,
bemüht sich, ohne Säumen
in ihren neuen Kleiderschrank
die Kleider einzuräumen.

Da fährt die Straßenbahn vorbei.
Die ganze Wohnung Zander
erzittert leicht, darauf ein Schrei:
Der Schrank fällt auseinander.

Natürlich muß das Möbelhaus
hier Hilfestellung geben,
und das schickt einen Schreiner aus,
den Schaden zu beheben.

Die Arbeit ist sehr schnell getan
von dem geübten Manne,
doch bei der nächsten Straßenbahn
passiert dieselbe Panne.

Der Schreiner überlegt: Das kann
an der Verkeilung liegen.
Ich seh mir das von innen an,
den Grund herauszukriegen.

Herr Zander kommt vom Dienst zurück,
nichts ahnend von Problemen,
um gleich das neue Möbelstück
in Augenschein zu nehmen.

Er schaut es recht zufrieden an.
Dann wundert er sich mächtig:
Im Kleiderschrank ein fremder Mann
ist immer sehr verdächtig.

Herr Zander geht in wildem Wahn
dem Schreiner an den Kragen.
»Ich warte auf die Straßenbahn«,
kann dieser nur noch sagen.

Dann gibt es eine Schlägerei,
die bringt manch böse Schrammen,
schon fährt die Straßenbahn vorbei,
da bricht der Schrank zusammen.

Das Schicksal straft mit aller Wucht
das sinnlose Gezänke.
Man meide darum Eifersucht
und fremde Kleiderschränke.

Rauf-, Trunken-, Witz- und Ko-

Vier Bolde gründeten in Bremen
auf äußerst niedrigem Niveau
ein dubioses Unternehmen,
das hieß: Rauf-, Trunken-, Witz- und Ko-.

Bald schwammen alle vier im Golde,
ihr Angebot lag voll im Trend.
Doch wären sie als nackte Bolde
laut Duden gar nicht existent.

Der Hum- hat Bold für Bold getadelt.
Er zählte mehr zur Hautevolee,
denn er war durch ein »von« geadelt
und schrieb sich hinten mit »dt«.

Wasserstandsmeldungen

Er galt fürwahr als Vorbild ohnegleichen,
und keiner konnte ihm das Wasser reichen.
Darum versuchten Neider, schwarz wie Raben,
ihm kurzerhand das Wasser abzugraben.
Nun konnte er sich gar nicht mehr entfalten
und sich nur mühsam über Wasser halten.
Nach kurzer Zeit war überall bekannt,
daß ihm das Wasser bis zum Halse stand.
Er konnte diese Welt nicht mehr verstehn
und wollte tränenschwer ins Wasser gehn.
Doch er besann sich vorher eines Bessern,
ließ künftig sich das Dasein nicht verwässern,
indem er seine Depression besiegte
und langsam wieder Oberwasser kriegte.
Es wurde schließlich allen Neidern klar,
daß ihr Versuch ein Schlag ins Wasser war.

Moral: Der Mensch braucht Selbstvertrauen
und soll nicht gleich am Wasser bauen.

Die Liebe ist ein Kartenspiel

Die Liebe ist ein Kartenspiel,
man muß sein Glück riskieren,
und dabei kann man ziemlich viel
gewinnen und verlieren.

Ich sitze vorne, und du gibst,
laß mich nicht länger warten,
und wenn du mich ein wenig liebst,
bekomm ich gute Karten.

Man sollte, das weiß jedermann,
nicht mit dem Einsatz geizen.
Damit das Spiel beginnen kann,
mußt du mich erstmal reizen.

Ich weiß genau, ganz ohne List
wird mich das Glück verlassen.
Ich finde, daß du reizend bist,
doch leider muß ich passen.

Auf solch ein nettes Spiel mit dir
bin immer ich versessen.
Doch solltest du nach Skatmanier
das Drücken nicht vergessen.

Schon viele Chancen sind passé,
ich fiel in manche Gruben.
Du spielst Herz Solo, wie ich seh,
nicht nur mit einem Buben.

Ich sage »Kontra!« und komm raus
und pfeif das Lied der Schlümpfe.
Dein Blatt sieht etwas besser aus,
du stichst und forderst Trümpfe.

Jetzt werd ich erstmal eingestielt
und wie ein Schaf geschoren.
Den letzten Trumpf hab ich verspielt,
Herz Dame ging verloren.

Zwei Stiche habe ich gekriegt,
es scheint, ich komme leider –
der Teufel weiß, woran das liegt –
bei dir nicht aus dem Schneider.

Ganoventip

Lieber Ede, sei auf Draht,
höre meinen guten Rat:
Klauen ohne Risiko
kannst Du nur in Cognito.
In Flagranti ist das schlimmer,
da erwischen sie Dich immer.
In Fluenza denkt an Dich
grippekrank Dein Friederich.

Höfliche Bitte

Sei immer höflich, niemals barsch
und grob zu deinesgleichen.
Sagst du nur: »Leck mich doch am Arsch«,
dann wirst du nichts erreichen.

Sagst du dagegen, gar nicht barsch,
denn Höflichkeit rührt jeden:
»Leck mich doch bitte mal am Arsch«,
dann läßt sich drüber reden.

VI *Abecedarien, Pentavokalisches und Akrosticha*

Abecedarius: Alphabetisches Akrostichon; jede Strophe, jeder Vers oder jedes Wort beginnt mit einem neuen Buchstaben des Alphabets.

Pentavokalisches: Worte, Sätze, Verse oder Strophen, in denen die fünf Vokale A, E, I, O und U geordnet, z. B. je einmal, verwendet werden.

Akrostichon: Die Anfangsbuchstaben aufeinanderfolgender Verse oder Strophen eines Gedichts, die hintereinander gelesen ein Wort, einen Namen oder einen Satz ergeben.

Abecedarien

Xerxes' Yogis

Alte, Bärtige Chinesen,
Die Erstaunlich Fit Gewesen,
Hörten Innig Jeden Klang,
Liefen Munter Nächtelang
Ohne Pause Querfeldein,
Richtung Süden, Tugendrein,
Um Vor Wonnemondvergehen
Xerxes' Yogis Zuzusehen.

Wintergartenidylle

Alfons Bringt Charmanten Damen
Einen Fliederstrauß Galant.
Hurtig, Immer Jubelnd, Kamen
Leidende Mit Notverband.
Oboisten Proben Quarten,
Rockerfans Sind Tätowiert.
Ulfs Verträumten Wintergarten
Xenias Yohimbinbaum Ziert.

Mißton

Als Beim Chor Das Edle Fis
Ganz Hübsch Irre Jäh Krepierte,
Litt Man Neben Ohrenriß
Peinvoll Qualen, Resignierte:
Statt Tournee Um Volle Welt
Xanten, Ypern, Zellerfeld.

Von Lieschen Müller und anderen

Achtzehn Blassen Chauvinisten
Droht Ein Furchtbares Gericht.
Hundert Irrende Juristen
Kennen Lieschen Müller Nicht.
Offen Plaudern Quasselstrippen,
Rühmen Sonniges Taiwan
Und Verdammen Wie Xanthippen
Yokohamas Zahnradbahn.

Dienstleistungen

Auf Bequemer Couch Dient Esther
Freiern Gegen Honorar.
Ihre Junge Kegelschwester
Liebt Mit Nachdruck Offenbar
Pensionierte Quotenzähler.
Reiche Sollen Transpirieren
Und Verträumte Wechselwähler
X-fach Yoga Zelebrieren.

Vernachlässigte Liebe

Alljährlich Blühen Chrysanthemen.
Der Esel Frißt Gern Haferschrot.
Im Jux Kann Liese Myrten Nehmen.
Oft Preisen Quäker Roggenbrot.
Sieglinde Trauert Und Verblüht,
Weil Xaver Yuccapalmen Zieht.

Circusliebe

Als Beim Circus Der Erboste
Feuerschlucker Glühend Heiß
Inniglich Joana Koste,
Lächelte Man Naseweis.
Ordner Prügeln Querulanten,
Rocker Suchen Tummelplatz
Und Versäumen Wegen Xanten
Yokohamas Zahnersatz.

Warnung für Yvonne

Zeigt Yvonne Xavers Wesen:
Voll Umschwärmter Typ, Scharmant,
Reitet Quirlig Polonaisen,
Oft Nach Mädchen Lustentbrannt,
Keß Jagt Ihn Herz, Gusto, Feuer,
Er, Der Crack, Braucht Abenteuer.

Pentavokalisches

Pentavokalische Vokabeln

In der WASSERSTOFFFRISUR
und der CHLORARSENTINKTUR,
wie im WOHNUNGSINVENTAR
und im KINOSUPERSTAR,
in der LIMONADENKUR,
in der WAGENPOLITUR
und der ANTILOPENKUH
stecken A E I O U.

Apenninokult

Nach der Liebkosung,
das ehrt ihn posthum,
war stets die Losung:
Spaghettikonsum.

Panama

A Panama, sagt man, hat Anstandsskandal:
Adam macht Handstand ganz nackt am Kanal.
E Ehen zerbrechen, der Erzberg erbebt,
ehe der Esel den Wedel erhebt.
I Ingrid liebt Rimini, fliegt viel in Riem.
Inniglich ist sie mit Philipp intim.
O Otto kommt solo. Bodo bohrt Ohr.
Koloß zog Rhodos Toronto wohl vor.
U Gudrun, du Unschuld, du mußt nun zur Kur.
Kuckucksuhr ruft uns zu Kunst und Kultur.

Akrosticha

Pinguine

P ropper auf des Eises Pack,
I mmer mit Manieren,
Nur im eleganten Frack
Gehen sie spazieren.
Unnachahmlich ist ihr Gang,
I mposant die Geste.
Nobel ziert sie lebenslang
E ine weiße Weste.

Hochzeitsnacht

Hochgefühl der Herzenstriebe
Offenbart des Eros Macht:
C harme und Feuer, Lust und Liebe,
Huld und Heil der Hochzeitsnacht.
Z ärtlich wolln wir uns berühren,
E invernehmlich und bereit,
I nnig unsre Nähe spüren,
T runken vor Glückseligkeit.
S o die Träume Wahrheit werden,
Nutzen wir verliebt zu zweit
A lle Herrlichkeit auf Erden,
C hancen der Gemeinsamkeit.
Heute will ich ganz allein
T roubadour der Liebe sein.

Adam und Eva

A pfelbiß ward zum Verhängnis,
D as noch heute Kummer schafft,
A rbeit, Plage und Bedrängnis.
M ensch, das ist ja Sippenhaft!

U ns soll das nicht irritieren,
N ämlich eines ist uns klar,
D aß zu unsrem Existieren

E rst die Sünde nötig war.
V oll erkennt man frohen Mutes:
A uch die Sünde hat ihr Gutes.

Selbstbefreiung

M ußt du dich vergeblich plagen,
I st die Wut nicht zu ertragen,
S chimpfe laut. Das rechte Wort
T reibt den ganzen Ärger fort.

Rätselhafter Steckbrief

Als ein Quell, uns zu verwöhnen,
ruft und lockt sie zart und bang.
Sanft erschallt in hellen Tönen
circenhaft ihr Jubelsang.
Hintergründiges Agieren
garantiert ihr Name schon.
Etwas schwierig zu goutieren
ist ihr strenger Kammerton.
Gibt sich dieses Intrument
etwa deshalb oft dezent?

VII *Anagrammatisches*

Anagramm: Umstellung der Buchstaben eines Wortes, Namens oder einer Wortgruppe zu einer neuen, sinnvollen Lautfolge.

FEIERABEND

Feierabend hat Herr Meier.
Jetzt beginnt die ABENDFEIER.
Wegen seiner kranken Niere
fürchtet er die FADEN BIERE.

Wasser kann jedoch nichts schaden,
drum geht er mit EIFER BADEN.
Wenn er sich ins Wasser senkt,
er an BADEFERIEN denkt.

Ja, an eines Sees Gestade
denkt er, daß er FEINER BADE,
denn es sind, so fällt ihm ein,
längst nicht alle BAEDER FEIN.

Den Parteien sehr zum Leide
schwört er keine FARBENEIDE.
Er bemerkt nur kurz und schlicht:
DEINE FARBE ist das nicht.

Seine Braut ließ ihn alleine.
Darauf schrieb er: DARBE, FEINE!
So ein Korb ist keine Schande.
Wichtiger sind FREIE BANDE.

Schwer nur ist er zu begreifen.
Heiß liebt er den BADEREIFEN.
Wenns an Freunden auch gebricht,
FEINDE ABER hat er nicht.

Die kleinen BEISSERCHEN

Wenn meine Zähne ich vergeß,
verzweifelt ich ein BREICHEN ESS.

Ihr Zähne müßt heut nacht allein
die Hüter dieses BECHERS SEIN.

Erst essen sie viel Reis und Grieß,
und hinterher, da BRECHEN SIE'S.

Man kann das Gleichgewicht verlieren
nach dem Genusse von SECHS BIEREN.

Die Römer übertrieben es,
und ihre Dichter SCHRIEBEN ES.

Man konnt' der Hitze kaum entfliehn.
Die Sonne auf die ERBSE SCHIEN.

Was glitzert dort im Sonnenschein?
Das dürfte eine SCHERBE SEIN.

Beim Frühjahrsputze von Frau Schlicher
ist nichts vor ihrem BESEN SICHER.

So manchmal gehe ich in mich
und such nach meinem BESSEREN ICH.

Enttäuschung im Tunnel

Mir fiel, mit Hein per EISENBAHN,
als wir 'ne kesse BIENE SAHN,
die schönste Form des HABENS EIN,
ich sprach: »Sei doch kein HASENBEIN,
die schönste meiner BASEN, HEIN,
die dürfte noch zu HABEN SEIN.«
Der Zug fuhr weiter SEINE BAHN,
in dem wir schlanke BEINE SAHN.

Hein sprach: »Ich bin kein Herzensdieb,
davon zeugt dieser NASENHIEB,
den sie mir roh im Tunnel gab,
woran ich lang zu NIESEN HAB.
Ich machte sie nur etwas an,
worauf sie gleich auf HIEBE SANN.
Sehr stark war meines Herzens Trieb
doch stärker noch war ANNES HIEB.

Sie ist nicht«, sprach der arme Knabe,
»die Frau, die ich im SINNE HABE.«

Geliebte GABRIELE

Da kommt die nächste LAGE BIER.
Wie ich nach dieser LABE GIER!

Ich zahle auf der LIEGE BAR.
Ist das bezahlte LIEBE GAR?

Er rückte ihr zu LEIBE ARG.
Den Schlüssel er in EILE BARG.

Steht mir auf meinem LAGER BEI.
Gleich gibt es eine BALGEREI.

Der Fisch sich an der ALGE RIEB.
Kein Zweifel, daß ich GERA LIEB.

Dafür, daß ich in RIGA LEBE,
ich meine letzte LIRA GEBE.

Die Grube ich in EILE GRAB.
Ins Grab ich ihm die LEIER GAB.

Wenn ich nach Süden mich bewege,
ich großen Wert auf BARI LEGE.

Es war ein süßes Zwillingspaar,
was sie in aller EIL GEBAR.
Dem Kleinkind wird der Brei zur Qual.
Das ist jedoch dem BREI EGAL.

Was ich in meinem Wappen habe,
das sind die Tiere: IGEL, RABE.

Erfolg hat meist der größte Flegel.
Das ist 'ne alte ABI-REGEL.

Der Dieb war gar nicht mal so schlapp,
drum brach auch gleich der RIEGEL AB.

Den Reibekuchen niemand mag.
Ob das wohl an der REIBE LAG?

Nie bin ich schneller als ein Pfeil,
wenn ich mich noch so ARG BEEIL.

ELISABETH

Hier, Henker, bin ich gern zu Gast,
wenn du nur scharfe BEILE HAST.
Bring ich erst meinen Säbel mit,
wird jeder Schlag zum SAEBELHIT.
Als Henkerin bin ich begabt,
wenn ihr nur starke SEILE HABT.
Bald ruhen alle die im Grabe,
die ich auf meiner LISTE HABE.

SUSANNE

Wir putzen, sprach der Ritter Kunz,
vorm Küssen stets die NASE UNS.

Kurz und knapp

Edeltraut REDET LAUT.

Mathilde HAT MILDE.

SOLIDE Isolde.

Veronika VOR KENIA.

Moralisches Postulat

Der CHRIST sei fromm und tugendlich
und gehe nachts nicht auf den STRICH.

MORGENSTERN

Mondschaf, Zwölfelf, Nasobem,
phantasievoll und extrem
in Gestalt und Daseinsform,
kannten keine STRENGE NORM.
Sie beweisen: MORGENSTERN
hatte solche MONSTER GERN.

ERICH KÄSTNER

Er war trotz mancher RÄNKE STREICH
an Mut, den Mut zu STÄRKEN, REICH.
Er mahnte als des Volkes Wächter
in Wort und Schrift die KRISENÄCHTER.

»BIER HER« GUT im RUHRGEBIET

Schon mancher, der nach Buer geriet,
ins wunderschöne RUHRGEBIET,
als angesehner Bergarbeiter,
war hier bald heimisch und GRUB HEITER
das schwarze Gold mit frischem Mut
und fand den Durstschrei »BIER HER« GUT.
Was stets erfreute wie ein Freiflug
war Freibier, das man schnell HERBEITRUG,
weil es der Ruhrgebietler liebt,
er braucht's, damit ER RUHE GIBT.
Im Trinken ist hier jeder fit,
und »Bier her« heißt der BUERGERHIT.
Das schmeckt so lecker, tut so gut,
gern hat er nach dem BIER GERUHT.
Nie wünscht er, daß ein andrer sterbe,
damit er gut und HURTIG ERBE.
Was immer er bewirkt und tut,
sein Handeln nie auf GIER BERUHT.
Sehr viele sind nach fernem Spurt hier,
doch manche sind auch von GEBURT HIER.
So mancher Neuling hat es schwer,
doch diesen Mann BERUHIGT ER,
denn wer einmal nach Buer geriet
ist integriert ins RUHRGEBIET.

VIII Palindrome

Palindrom: Sinnvolle Folge von Buchstaben, Wörtern oder Versen, die rückwärts gelesen denselben oder einen anderen Sinn ergibt.

Ave Eva!

Als Adam im Paradies Eva begegnete, begrüßte er sie freundlich mit den Worten:

AVE MADAM EVA!

Eva reagierte schnippisch: »Ich wüßte nicht, daß wir uns schon kennen. Ich pflege keine Konversation mit fremden Herren.«
Adam errötete, verbeugte sich und stellte sich sodann formvollendet vor:

MADAM – ADAM!

So entstanden die ersten Palindrome der Menschheitsgeschichte.

Romantische Botschaft

In die Rinde einer Linde
schnitzten zwei verliebte Knaben,
was sie bei der ersten Liebe
hoffnungsvoll empfunden haben;
und zwei Mädchen freuten sich,
denn sie waren sich im klaren,
daß die Worte, die dort standen,
vor- und rückwärts lesbar waren:
NUR DU, GUDRUN   NUR DIE HEIDRUN

Palindromparade

Was bringt man der modernen Frau
bei einer Damenwäscheschau?
REDE IM MIEDER

Babette wünscht sich einen Mann,
mit dem sie glücklich werden kann:
SO RETTE BABETT, EROS

Was sagt die Frau am nächsten Tage
recht vorwurfsvoll zum Saufgelage?
EUER TREIBEN NENNE BIERTREUE

Sag an, was willst du bloß von mir,
fragt sie, und drauf sagt er zu ihr:
ALLES, ELLA

Nun nenne die Verpackung mal
für ein bewährtes Leuchtsignal:
NOTRAKETEKARTON

Die Frage werden Sie verzeihn:
Geht diese Blume auch nicht ein?
EINE SO RELATIV VITALE ROSE NIE

Tim rät, auf all die dummen Fragen
zu Hosenträgern ja zu sagen.
TRUG TIM EINE SO HELLE HOSE NIE MIT GURT?

Ich glaube, jetzt geht nichts mehr schief,
weil dieser Schuß ins Schwarze lief:
NOIR, AMORPFEIL LIEF PRO MARION

Hier macht ein Mainzer mit Bedacht
Reklame für die Fassenacht:
NARRETEIMIETER RAN

Der Bursche sollte lieber singen
und nicht so große Reden schwingen!
OMA, DA REDETE DER ADAMO

Die Leute sind schon stadtbekannt.
Ich glaube, da wird schwarzgebrannt.
PLANE REINEN HONIGGIN OHNE NIERENALP

O. P. ist, nur ein kleiner Wink,
nichts als Ottilie Piepenbrink.
O. P. MAG NETTES ROKOKOKORSETT ENG AM PO

Solch ein Gericht, o sieh es ein,
muß nach dem Spruch das letzte sein:
REUE HEG NUN, UNGEHEUER

Ein Schreckensruf, der's in sich hat,
erschallt in Hollands Käsestadt:
MADEN IN EDAM

Der Trainer macht die Mannschaft an
und sagt zu seinem besten Mann:
LEG ELF, UDO, DU FLEGEL

Was macht der Klempner in der Not
bei knappem Röhrenangebot?
ER HORTET ROHRE

Dem Schreiner schüttelt man die Hand
und rät ihm für den Ruhestand:
LEB OHNE DEN HOBEL

Was sagt die Frau zu ihrem Mann,
damit das Essen garen kann?
DREH MAL AM HERD

Was Liese nicht verkraften kann,
sind Eile, Regen, schwarzer Mann,
was uns als Folge unbedingt
die logische Erkenntnis bringt:
ES EILT IM REGEN NIE EIN NEGER MIT LIESE

Die Bitte, freundlich vorgetragen,
wird sicherlich nicht abgeschlagen:
LEO, MUTTER, DA, RENATE BITTET TIBETANER ADRETT
UM OEL

IX Reimund Prosa

Namensherkunft

Reimund Prosa ist ein Mann, so heißt es,
der den Federhalter trefflich meistert
und sich selbst an seiner Kunst begeistert;
kurz gesagt: Er ist ein Mensch des Geistes.

Er verspürt als innerste Verpflichtung,
schon alleine seines Namens wegen,
nur um diesen rechtens zu belegen,
einen Hang zur Reim- und Prosadichtung.

Da sein Schaffen äußerst ungestüm ist
und sein Wirken mehr den Namen prägte,
schon so mancher den Verdacht erwägte,
daß sein Name nur ein Pseudonym ist.

Ob er selber auch die Dinge so sah,
das verschweigt beharrlich Reimund Prosa.

R. Prosa als Stabreimdichter

Reimund Prosa liebt es, stabzureimen,
und er wird von Leidenschaft gepackt,
wenn im Keller die Kartoffeln keimen
und der Bäcker braune Brötchen backt.

Wenn im Wind die Wasserwellen wogen
und am Bach die blauen Blumen blühn,
wird die Welt zum bunten Bilderbogen,
und im Garten grünt das Grün so grün.

Prosa meint, man soll im Stabreim sprechen,
ohne über ihn den Stab zu brechen.

Rationalisierung der Dichtkunst

Prosa hatte einer neuen Richtung
der modernen Kunst sich zugewendet
und ihr seine ganze Kraft gespendet,
nämlich der Computerdichtung.

Den Computer ließ er programmieren,
alle Worte, und das sind sehr viele,
in grammatisch einwandfreiem Stile
rhythmisch und gereimt zu variieren.

Hiermit war, auf völlig neuen Wegen,
er befähigt, wirklich jede Dichtung
nach entsprechend mühevoller Sichtung
seinem Leserkreise vorzulegen.

Am Computer hat er in der Hocke
fünfzig Tonnen Faltpapier gelesen;
ein Gedicht ist nur dabei gewesen,
das war ausgerechnet Schillers Glocke.

Reimund Prosa hat darauf sein Streben
nach Computerdichtung aufgegeben.

3D-Poesie

Reimund Prosa dichtet in die Höhe,
und das mehrt im Portemonnaie die Flöhe.
Er erreicht damit beachtliches Niveau,
stimmt Verleger und auch Leser froh.

Reimund Prosa dichtet in die Breite,
und das füllt manch unbeschrieb'ne Seite.
Breitendichtung garantiert die Masse,
denn ein Dichter lebt nicht nur von Klasse.

Reimund Prosa dichtet in die Tiefe,
das beweisen viele Leserbriefe.
Er erreicht damit der Menschen Seele,
daß beim Lesen nicht die Rührung fehle.

Reimund Prosa dichtet für Millionen
mit Erfolg in allen Dimensionen.

Thea Ter und Reimund Prosa

Thea hieß die junge Dame.
Sie zu sehn, war ein Genuß.
Ter war ihr Familienname,
so wie Spaniens Küstenfluß.

Thea Ter war am Theater,
wo ihr, hilfreich und gewandt,
Reimund Prosa als Berater
künstlerisch zur Seite stand.

Thea Ter sprach sehr pathetisch,
was des Hauses Intendant
mit dem Namen Theo Retisch
als sehr angenehm empfand.

Jedes Fach hat sie gemeistert.
Ihre Ausdruckskraft bestach,
hat das Publikum begeistert,
wenn sie Reim und Prosa sprach.

Da sie alle Welt erfreute,
war sie bald so prominent,
daß man ihr Theater heute
Thea-Ter-Theater nennt.

Reimund Prosa, stets beflissen,
wurde niemals dort genannt.
Leute hinter den Kulissen
bleiben meistens unbekannt.

R. Prosa als Sinologe

Seine Ferien verlebte Prosa
als ein weltbekannter Sinologe
nicht, weil es sich reimt, auf Hallig Hooge,
sondern regelmäßig auf Formosa.

Dort fand er den Doppelreim auf Ping-Pong.
Jedoch der, der diesen Reim erfüllte,
spielte niemals Ping-Pong, sondern brüllte,
denn es war der Riesenaffe King-Kong.

Besser wäre, Ping-Pong hieße Pong-Ping.
Dieses würde auch chinesisch klingen,
und es reimten sich vor allen Dingen
hierauf Hafenstadt und Golf von Tongking.

Es bleibt offen, wann mal die Chinesen
ein Gedicht von Reimund Prosa lesen.

R. Prosa, der Schamhafte

An den Nordsee-FKK-Gestaden
ging einst Reimund Prosa nackt zum Baden;
und er schätzte es, bei diesem Treiben
wie ein Fisch im Wasser stumm zu bleiben.

Haben manche das auch falsch verstanden,
war ein guter Grund hierfür vorhanden:
Um sich nicht ganz hüllenlos zu zeigen,
hüllte Reimund Prosa sich in Schweigen.

Kondolation mit Herz

Einem Herrn von fünfundneunzig Jahren
kondolierte Prosa zum Verluste
seiner treuen Ehefrau Auguste,
denn sie wurde tödlich überfahren.

Prosa sprach, es sei zwar zu bedauern,
daß die Gattin, die er sehr verehrte,
leidgeprüft den Jordan überquerte,
doch das sei kein Grund, verzagt zu trauern.

Tröstlich sei gewiß bei der Affäre,
daß die zweifellos schon etwas lahme
und dazu noch hochbetagte Dame
ohnehin sehr bald gestorben wäre.

Auch ein dümmliches Geschwätz verbindet,
wenn es seinen Weg zum Herzen findet.

Quälender Husten

Reimund Prosa hat 'nen schlimmen Husten,
und darüber ist er sehr verschnupft.
Weil es ihm die Lunge fast zerrupft,
kommt aus seinem Hals ein heisres Prusten.

Völlig umgekehrt war es im letzen Jahr,
als er über Schnupfen sehr verhustet war.

Prosas Sitzprobleme

Reimund Prosa sitzt nicht gern in Sesseln,
weil das seinem Wesen nicht entspricht.
Lieber setzt er sich ins rechte Licht,
ins Benehmen oder in die Nesseln.

Oft setzt er sich zwischen alle Stühle,
in Bewegung und aufs hohe Pferd.
Letzteres ist bei ihm sehr begehrt
und beschert ihm himmlische Gefühle.

Reimund Prosa pflegt an allen Plätzen
über alles sich hinwegzusetzen.

R. Prosa, der Unstete

Reimund Prosa klebt nicht an der Scholle.
Wie gelockt von unsichtbaren Rufern
zieht's ihn, sagt er, stets zu neuen Ufern,
wo er, angekommen, auch nicht bleiben wolle.

Wurzeln schlug er noch an keinem Ort.
Als ein Mann, der gegen die Gewalt ist
und im Innern ohne jeden Halt ist,
pflanzt er täglich sich im Geist aufs neue fort.

Logik der Sprache

Reimund Prosa will nicht buchstabieren.
Er stabiert nur, selbst in einem Buch,
mit dem Hinweis, ein bedrucktes Tuch
müsse andernfalls man tuchstabieren.

Reimund Prosa akzeptiert nur Staben,
handgeschrieben oder auch gedruckt,
doch der Duden hat's noch nicht geschluckt,
Prosa will zu Recht nur Staben haben.

Es ist nichts, so sagt die Pädagogik,
schwerer zu begreifen als die Logik.

Pantheismus

Als ein Philosoph ist Reimund Prosa
stets dem Pantheismus eng verbunden.
So verehrt er Benedikt Spinoza,
um bei jedem Anlaß zu bekunden:

»Alle Fakten eines jeden Seins
heißen: Gott und die Natur sind eins;
und wie klein wir auch Materie spalten,
selbst im kleinsten Teil ist Gott enthalten.«

Nur den Mücken hat er, arg zerstochen,
diesen Gottesinhalt abgesprochen.

Reimund Prosa als P.E.N.-Club-Mitglied

Vor dem P.E.N.-Club folgerte einst Prosa,
quasi als sequentia rigorosa:
»Diese Sitzung ist nicht grad ein Renner,
und der P.E.N.-Club ist ein Club der Penner.«

Als er daraufhin Proteste hörte
und sich jedermann im Saal empörte,
sagte er bedrückt und sehr verlegen:
»Das geschah doch nur des Wortspiels wegen.«

Reimund Prosa pflegt mit Gottvertrauen
oft und gerne auf den Putz zu hauen,
immer gut für nette Episödchen.
Nachher backt er wieder kleine Brötchen.

Offene Rede

Reimund Prosa ist nicht fürs Direkte.
Ihn reizt mehr das klausuliert Versteckte,
und er nutzt gern sprachlich alle Tücken,
sich recht unverständlich auszudrücken.
Dies zu üben, lädt er Freunde ein,
Gast an seinem runden Tisch zu sein.

Eine Schüssel heißen Breis steht in der Mitte.
Reimund Prosa äußert dann die Bitte,
mehr noch, er verpflichtet jeden,
um den heißen Brei herumzureden.
Danach bittet Prosa, zuzulangen
und gleich mit dem Essen anzufangen.

Haben alle ihren Geist entfaltet,
ist der heiße Brei zumeist erkaltet.

Wer schreibt, der bleibt

Prosa las den Spruch: »Wer schreibt, der bleibt.«
Dieser Spruch, meint er, sei ein verschwommener,
unverständlicher und unvollkommener,
der die Art des Bleibens nicht beschreibt.

Bleibt man, wenn man schreibt, vielleicht ein Spinner,
ein Verlierer, der im Abseits steht,
ein Phantast, für den es abwärts geht,
oder gar am Ende ein Gewinner?

Reimund Prosa meint: »Wer schreibt, der bleibt
ganz bestimmt ein großer Optimist,
der vielleicht bereits nach Jahresfrist
Bücher für Millionen Leser schreibt.«

Prosa wird auch künftig weiterschreiben
mit der Absicht, Optimist zu bleiben.

Gesundes Selbstbewußtsein

Reimund Prosa klopft sich gern in Träumen
als ein tief vom Selbstwert Eingelullter
gönnerhaft und kräftig auf die Schulter,
da das leider seine Fans versäumen.

Prosa weiß, der wohlverdiente Ruhm
kommt bei großen Künstlern erst posthum,
und mit selbstgespendetem Applaus
ist er nichts als seiner Zeit voraus.

In Zugzwang

Reimund Prosa unterliegt dem Zwange,
Diskussionen nach sehr hartem Ringen
logisch denkend auf den Punkt zu bringen,
und dann greift er hemmungslos zur Zange.

Hiermit zieht er stets bei Konferenzen
unbeirrbar seine Konsequenzen.

Überwindung von Gedankenflauten

Reimund Prosa hat auf seiner Kammer,
weil sich kaum noch ein Gedanke einstellt
und ihm wirklich selten etwas einfällt,
einen Vorschlaghammer.

Diesen bittet er nun schon seit Tagen,
ihm doch endlich etwas vorzuschlagen.

Schwere Zeiten

Reimund Prosa hatte, wie geschehen,
eine schwere Woche zu bestehen,
denn mit großem Ärger und Getose
ging ihm leider alles in die Hose.
War der Wurm in diesen Wochentagen?
Schon am Montag platzte ihm der Kragen.
In Ermangelung von weichen Sesseln
setzte er sich Dienstag in die Nesseln.
Schon am Mittwoch kam die nächste Panne,
denn da haute man ihn in die Pfanne.
Donnerstag hat man ihn arg betrogen,
prompt hat er den Kürzeren gezogen,
um für ein paar finstere Gestalten
Freitag noch den Buckel hinzuhalten.
Auch der Samstag war nicht so ganz ohne,
da brach ihm ein Zacken aus der Krone.
Selbst am Sonntag kriegte er noch Zunder,
da erlebte er sein blaues Wunder.
Um mal wieder ganz befreit zu lachen,
hilft nur eins, sich aus dem Staub zu machen.

Doppelt gereimt klingt besser

Prosa will, des vollen Klanges wegen,
nicht zuletzt, um seinen Ruf zu mehren,
sich das Reimen schonungslos erschweren
und bemühn, den Doppelreim zu pflegen.

Dino-Mino wie auch Saurus-Taurus
reimen einfach sich, jedoch gekoppelt
reimen sich die Koppelwörter doppelt:
Minotaurus auf den Dinosaurus.

Tiger-Schwieger wie auch Futter-Mutter
reimen einfach sich, jedoch gekoppelt
reimen sich die Koppelwörter doppelt:
Schwiegermutter auf das Tigerfutter.

Seiner Wirtin Alma Mater aber
war das zweite Beispiel zu makaber.

Dem Siebenschläfer auf der Spur

Reimund Prosa hat nach langen Stunden
durch gekonntes intensives Denken,
nur um seine Nachwelt zu beschenken,
endlich diesen Schüttelreim gefunden:

> Zum Bilchkind spricht die Mutter Bilch:
> »Trink doch ein Schlückchen Buttermilch!«

Ein Zoologe mußte ihn belehren,
daß Bilche keine Buttermilch verzehren.

Verwendung von Reimkatalysatoren

Reimund Prosa sammelt alten Plunder
aus dem Nachlaß namhafter Poeten.
Dieser inspiriert zum Versekneten.
Seine Wirkung grenzt schon fast an Wunder.

So erstand er außer Schillers Glocke
ebenfalls des großen Meisters Kragen,
einen Handschuh, wenig nur getragen,
und von seinem Haupthaar eine Locke.

Kommt er dennoch mal in Reimesnöte
bei Begriffen, die als reimscheu gelten
(diese sind noch nicht einmal so selten),
hilft zumeist ein Faustabdruck von Goethe.

Ob auf Amsel, Drossel, Marder, Iltis,
er versteht es, sich mit einem wachen
Geist auf alles einen Reim zu machen,
selbst für Löffel und für Schaufel gilt dies.

Viel verspricht er sich noch von zwei Schlipsen
aus dem Nachlaßfonds von Henrik Ibsen.

R. Prosa als Wortschöpfer

Prosa hat ein neues Wort geschaffen,
dieses lautet Eskimonolog,
hierfür mußte, wenn der Schein nicht trog,
er den ganzen Grips zusammenraffen.

Eine Wortverschmelzung zu gestalten,
war der Grund, der ihn hierzu bewog.
In dem neuen Worte sind enthalten:
Eskimo, Kimono, Monolog.

Im Besitze dieses edlen Hortes
sucht er nunmehr nach dem Sinn des Wortes.

Das Künstleranagramm

Reimund Prosa wollte seinen Namen
durch ein Anagramm geschickt verwandeln
und auf diese Art in strengem Rahmen
nach dem Vorbild großer Künstler handeln.

Doch er fand trotz heller Geistesblitze
ungewöhnlich dumme Namen nur.
Davon waren ARMIN POSEDUR
oder RUDI RASENMOP schon Spitze.

ROSAMUNDE RIP kam nicht in Frage.
Sich als Frau zu tarnen, schien ihm dumm.
So verwarf er noch am gleichen Tage
DORA NIES- und RESI DONAPRUM.

Sein Bemühen ist kaum zu beschreiben.
Er versprühte seinen letzten Grips
für den Namen UDO MARENRIPS.
Nun will er bei REIMUND PROSA bleiben.

Erfolgserlebnis

Reimund Prosas allergrößte Stärke
ist der Vortrag seiner eignen Werke.
Der Applaus wird hierbei ganz gezielt
sehr geschickt durch Tonband eingespielt.
Seine Hörer, nie mit Beifall geizend,
findet er dann ganz besonders reizend.

Er verbeugt sich lächelnd, fast verlegen,
und, durchbrechend auch die letzte Schranke,
nimmt er freudig den Applaus entgegen
mit den Worten: Danke, danke, danke.

ROBERT GERNHARDT

Das nehm' wir!

Komik und Kochkunst alliterieren nicht nur, sie haben auch sonst einiges gemein. Beide sind Menschenwerk. Beide sind so alt wie die Menschheit. Beide haben sie den Menschen von Beginn an dabei geholfen, dem schieren Leben und dem rohen Sein erfreulichere und genießbarere Seiten abzugewinnen.

Die Herstellung von Komik und die Zubereitung von Speisen sind Kulturtechniken, die dank steter Tradierung nicht von jeder Generation neu erfunden werden mußten. Zuerst nur mündlich überlieferte Rezepte wurden aufgeschrieben und in Büchern aufbewahrt, ein andauernder Anreiz für die Nachkommen, es genauso gut oder besser zu machen.

Rezepte sättigen nicht. Geschmäcker ändern sich. Witze und Witztechniken bekommen einen Bart. Daher muß jede Generation erneut die Probe aufs Exempel machen: Können die alten Rezepturen dank frischer Zutaten noch immer den Magen erfreuen bzw. den Geist erheitern? Das vermag nur die Praxis zu beantworten, die Koch- und Eßpraxis des just zubereiteten Mahls und die Lese- und – toi, toi, toi – Lachpraxis eines zeitgenössischen komischen Dichters.

Es ist nun schon einige Jahre her, daß ich auf Günter Nehm aufmerksam wurde. In einem Gedichtband, den mir der Zufall in die Hände gespielt hatte, las ich eine biographische Notiz, die mich zunächst – offen gesagt – mißtrauisch stimmte:

»Günter Nehm wurde 1926 in Wattenscheid geboren. Beruflich war er über dreißig Jahre lang vorwiegend im Ruhrkohlebergbau als Diplomingenieur in der Aufbereitung tätig.« Heute lebe er mit seiner Ehefrau Edith in Recklinghausen, eines seiner vier Enkelkinder habe den Großvater kurz und bündig charakterisiert: »Mein Opi ist ein großer Dichter, und meine Omi ist sehr stolz auf ihn. Dem ist nichts hinzuzufügen.«

Das klingt sturzbieder, doch Kindermund tut Wahrheit kund: Günter Nehm *ist* ein bedenkenswerter komischer Dichter. Um das zu überprüfen und zu belegen, werde ich neben seinen Gedichten einen 800 Seiten starken Wälzer zu Rate ziehen, der so etwas wie das Kompendium all jener Dichtungsrezepte darstellt, welche Nehm daraufhin untersucht hat, ob sie heute noch für die Komikküche taugen. »Dichtung als Spiel, Studien zur Unsinnspoesie an den Grenzen der Sprache« ist das Werk betitelt, der Schweizer Alfred Liede ist sein Verfasser.

Ich kannte den Liede bereits, bevor ich mit Nehm Bekanntschaft machte, und ich bezweifle stark, daß der Nehm je den Liede zur Kenntnis genommen hat. Viel wahrscheinlicher ist, daß der Dichter die von ihm erprobten Rezepte anderweitig kennengelernt hat, in Versschulen oder Anthologien, und daß er, wann immer ihn ein ihm neuer Dreh reizte, gesagt hat: Finger drauf, das nehm' wir!

Ein Vorgang, welcher sich derart häufig wiederholte, daß die Nehm'sche Praxis für uns Heutige einen Großteil dessen genießbar oder doch überprüfbar macht, was der Theoretiker Liede an zum Teil uralten Rezepten und reichlich bemoosten Lesefrüchten auftischt.

Sein Thema sei die »Unsinnspoesie«, schreibt Liede, und das ist ein Begriff, der auch einen Großteil von Nehms Gedichten zutreffend charakterisiert, vorausgesetzt, man hütet sich vor voreiligen Schlüssen. Ist der Inhalt von Nehms Gedichten unsinnig? Oder unterwirft er seine Gedichte derart unsinnig rigiden Ordnungssystemen, daß der Leser, der bereits jede Hoffnung auf möglichen Sinn hat fahren lassen, das unterm Strich dann doch nicht völlig sinnlose, ja manchmal sogar herzlich sinnvolle Ergebnis nicht anders als überrascht belächeln oder belachen kann?

Danach befragt, welches das in unserem Sprachraum populärste sprachliche Ordnungssystem sei, wird der Laie vermutlich mit »der Reim« antworten. Ebenso wahrscheinlich aber ist, daß nur der Fachmann eine Ahnung davon hat, bis zu welchem Schwierigkeitsgrad Reimvorgaben sich steigern lassen. Ein einfacher »schwieriger« Reim ist der Schüttelreim, der laut Liede »meist bloß die Anfangsbuchstaben eines erweiterten oder verdoppelten Reims vertauscht (Sonne winkt – Wonne sinkt)«. Eine Technik, der Konrad von Würzburg im 13. Jahrhundert noch allen Ernstes das Gedicht unterwerfen konnte, die jedoch spätestens seit dem 19. Jahrhundert nur noch zum Erzielen komischer Effekte eingesetzt wurde:

Es klapperten die Klapperschlangen,
bis ihre Klappern schlapper klangen.

Ein reichlich ausgereiztes, ja abgeschmacktes Rezept, Sprachkomik zu erzeugen, weshalb Nehm sich reichlich Mühe geben muß, es zu verfeinern. Zwar scheut auch er nicht vor Hausmannskost zurück – »Wir wollen diesen Kutter buchen, / dort gibt's den besten Butterkuchen« –, doch je länger er schüttelt, desto apartere Reime gelingen ihm.

Fünf Strophen zählt seine »Geschüttelte Eierballade«, die selbst mich, einen ausgewiesenen Schüttelreimverächter, zunehmend in ihren Lachbann zog:

Am Montag schellt Herr Meier an.
Herr Meier ist der Eiermann.
Er trifft sich gern auf freier Au
Mit Irma, einer Eierfrau.

Und so fortan: In keinem der noch folgenden acht Schüttelreime fehlt, was bereits die ersten zwei adelte, das gnadenlos placierte Eiermotiv, von »Meier unter – Eier munter« über »Feier arm – Eierfarm« bis hin zu »Eierwende – Weiher. Ende«. Denn in dem endet das Eierpaar, nachdem es sein Kapital während der Hochzeitsfeier einem kurzfristigen Vergnügen geopfert hatte: »Gib nur auf deinen Schleier acht, / zur Hochzeit gibt's 'ne Eierschlacht.« Aber Nehm kann auch anders. Gilt für die Ballade »Die Menge macht's«, so führen die nächsten beiden Beispiele vor, daß die Würze in der Kürze liegt.

»Virtuosen des Schüttelreims bringen es auf doppelte und öftere Vertauschung in denselben Wörtern, wobei allerdings meist der Sinn zu wackeln beginnt«, schreibt Liede. Wackelt er auch in Nehms folgendem Vierzeiler?

Schenk mir in deiner Kammer Huld,
dann pflege ich den Hammerkult,
gebiete deinem Kummer halt
und mach dir einen Hummer kalt.

Seafood vom Feinsten, dem Nehm noch ein Schüttelgericht extrem raffinierter Machart nachzureichen weiß: In einem achtzeiligen Gedicht verbindet er durchgehend den Schüttel- mit dem Allreim – jedes Wort, ja jede Silbe der ersten Zeile findet zuverlässig ein Reimpendant in der zweiten:

Heiser wandeln Säuferkehlen.
Weiser handeln Käuferseelen.

So hebt das Poem an, um in entspannter Selbstbezüglichkeit zu enden:

Halte weiter deine Richtung.
Walte heiter, reine Dichtung.

Das walte Nehm, der den Allreim nicht nur dem gedoppelten Schüttelreim zu entlocken weiß, sondern auch dem – von ihm so getauften? – Wechselreim und dem Zwillingsreim.

Rocker schlagen, Schlingel rocken.
Zocker tragen Ringelsocken.

So sieht ein »Wechselreim« Nehm'scher Machart aus, ein vergleichsweise schlichtes Gebilde, gemessen an dem Raffinement, das den »Zwillingsreim« auszeichnet. Der nämlich arbeitet mit einer Technik, die man Buchstabenraub oder Buchstabenverschiebung nennen könnte, und profitiert vom überraschenden Gleichklang ganz unterschiedlicher Aussagen:

O du meine schlanke Ranke,
du wirst immer schlanker, Anke!

Für Liede ist das ein »rührender Reim«: »Er verwendet das gleiche Reimwort, aber in einem anderen Sinn.« Ein Reim, der den Weg vieler allzu ausgefallener Techniken gegangen ist: »Er lebt nur noch in der komischen Dichtung.« Zum Beleg zitiert Liede eine Strophe von Heinrich Seidel, einem Reimvirtuosen des 19. Jahrhunderts. Sie beginnt mit den Worten:

Im leisen und im lauten Spiel
Ertöne süß mein Lautenspiel,

Und muß ich um was Liebes leiden,
Verkläre du mein Liebesleiden.

Vergleichbar solide sind auch Nehms Zwillingsreim-Poeme gebaut, doch schon bei seinem Achtzeiler »Entschuldigung«, der sich auf lediglich zwei Verben beschränkt, auf »fahren« und »erfahren«, sorgt der reimgesteuerte Selbstlauf der Sprache für verdichtete Sinnferne und somit für verschärfte Komik:

Als ich heute früh erfuhr,
daß der Zug schon früher fuhr,
hab ich das zu spät erfahren,
und ich mußte später fahren.

So weit die ersten vier Zeilen, denen Nehm gnadenlos vier weitere gleicher Machart folgen läßt – »später fuhr – spät erfuhr«, »früh erfahren – früher fahren«: Mal wieder bringt's die Menge.

Auf der Höhe seiner Würzkunst aber zeigt sich Nehm einmal mehr in der Kurzform. Bewundernswert, wie er Zweizeilern aus gepaarten rührenden Reimen nicht nur den Allreim abgewinnt, sondern auch den in der deutschen Sprache so seltenen wie schwierigen, der altprovenzalischen Dichtung um so vertrauteren »rime équivoque«, den gleichlautenden Reim also, zutage fördert:

Böse Diebe klauten Waren.
Böse die Beklauten waren.

– lautet ein Prachtstück dieser Spielart, und ein weiteres ist mit »ernste Mahnung« überschrieben:

Alter Eimer, zeige Treue.
Alte Reimer, zeiget Reue.

Reue wofür? Was Nehm da mit der Sprache anstellt, stimmt ähnlich heiter wie gelungene Jonglage oder gewagte Equilibristik. Weit entfernt davon, in der Zirkuskuppel ratlos zu sein, befolgen die Artisten, Nehm eingeschlossen, den klugen Rat Alexander Kluges, in Zeiten der Anfechtung ihres Gewerbes den Schwierigkeitsgrad ihrer Übungen zu steigern. Erst wer sein Handwerk aus dem Effeff beherrscht, kann sich einen weiteren exquisiten Spaß leisten: den, den Tolpatsch zu spielen. Zur Freude des Publikums. Hatte das den

Höhenflug des Artisten nicht ohne bewundernde Bänglichkeit verfolgt, darf es nun ungeniert loslachen: Dem passiert schon nichts, dem Trottel! Sammansatz mit... Los Angeles:

Das Ungeheuer von Loch Ness
ist wieder da. LOS ANGELES.

Ordnung muß sein, zumal in der Unsinns- bzw. Nonsensdichtung. Denn die, und das kann wirklich nicht häufig genug gesagt werden, weshalb ich mich gerne selber zitiere: die »ist nicht etwa jener hausbackene Unsinn, der ungeregelt in launigen Lautgedichten, krausen Collagen und absurden Verbalautomatismen wuchert, sondern konsequent, also regelmäßig verweigerter Sinn«.

Der Reim ist ein Ordnungs- und Regelsystem par excellence, aber keineswegs das einzige, welchem sich Dichter aller Zonen und Zeiten aus freien Stücken unterworfen haben. Natürlich nicht aus Unterwürfigkeit, sondern aus Vergnügungslust und hoffärtigem Spieltrieb: Ohne Regel kein Spiel, ohne Spiel kein Sieg – das gilt auch für den, der gegen die Sprache spielt.

Ein ehrwürdiges Sprachspiel ist der sogenannte Abecedarius, von dem Liede Lob- und Schelt-Alphabete aus der zweiten Hälfte des 15. Jahrhunderts anzuführen weiß. Das Lobgedicht auf ein Mädchen lautet:

Allerliebst,
Beschaidens,
Czuckersüss,
Durchgepreysts...

– und so fortan, indes das Schelt-Alphabet folgendermaßen anhebt:

Abgerittne
Böszwichtin!
Czerrüssene,
Durchtribne...

Die Regel sollte ebenso klar geworden sein wie die Tatsache, daß sie mehr schlicht als recht erfüllt wird. Wie anders Nehm, der aber auch alles aus der Vorgabe herausholt:

Als Beim Chor Das Edle Fis
Ganz Hübsch Irre Jäh Krepierte,
Litt Man Neben Ohrenriß
Peinvoll Qualen, Resignierte:
Statt Tournee Um Volle Welt
Xanten, Ypern, Zellerfeld.

So lautet das dritte der »Abc-Gedichte« Nehms, der es nicht nur siebenmal fertigbringt, den Abecedarius mit dem Paar- bzw. Kreuzreim zu verbinden, sondern sich im achten und letzten Gedicht auch noch den Spaß erlaubt, die Regel im Krebsgang vorzuführen:

Zeigt Yvonne Xavers Wesen etc.

Die »telechistische Benutzung der Vokalfolge AEIOU bei Walther von der Vogelweide ist eine Abart des Abecedarius«, schreibt Liede und zitiert Walthers Gedicht »Diu welt was gelf, rôt unde blâ«, von dessen fünf siebenzeiligen Strophen die erste durchgehend auf a reimt, die zweite auf e und so weiter.

Nehms Pendant nennt sich »Pentavokalische Verse«, und auch diesmal schafft er es, die Latte der Vorgabe noch etwas höher zu legen. Selbst dem offenkundigen Unsinn von vier kreuzgereimten, durchgehend pentavokalischen Versen vermag er noch einen Sinn abzupressen, und es gelingt ihm sogar, noch eins draufzusetzen, die Überschrift nämlich:

Apenninokult
Nach der Liebkosung,
das ehrt ihn posthum,
war stets die Losung:
Spaghettikonsum.

Der Pentavokalist spielt mit Buchstaben; kein Wunder, daß er sich auch als Anagrammist versucht.

»Wohl das verbreitetste aller Buchstabenspiele ist die Buchstabenversetzung, das Anagramm«, schreibt Liede und nennt den

»ältesten Anagrammfabrikanten«, den Griechen Lykophron von Chalkis aus dem dritten vorchristlichen Jahrhundert. Der nutzte die Technik der Buchstabenumstellung zum Herrscherlob, grad wie Jahrhunderte nach ihm der französische Advokat Billon, »der von Ludwig XIII. für seine fünfhundert Anagramme auf dessen Namen eine beträchtliche Pension erhielt«.

Bekommt Nehm von der Bahn wenigstens einen Freifahrtschein? Immerhin ist es ihm geglückt, aus dem Wort EISENBAHN mittels zwölf buchstabengleicher Variationen ein Gedicht zu zaubern, das entschieden zum Eisenbahnfahren aufreizt:

Mir fiel, mit Hein per EISENBAHN,
als wir 'ne kesse BIENE SAHN

und so weiter, bis:

Der Zug fuhr weiter SEINE BAHN,
in dem wir schlanke BEINE SAHN.

Aller guten Buchstabenspiele sind drei: Wer schon als Pentavokalist und Anagrammist geglänzt hat, der wird sich auch als Palindromist bewähren wollen, ist doch das Palindrom eine Buchstabenspielart, die erlauchte Mitspieler angelockt hat: »Wörter werden gesucht, die von vorn und von hinten gelesen werden können, zu welchem Spiel bekanntlich Schopenhauer den ›Reliefpfeiler‹, den ›Marktkram‹ und den Satz ›Ein Neger mit Gazelle zagt im Regen nie‹ beigesteuert hat.«

Hat er das wirklich? Auf jeden Fall hat sich Nehm etwas wirklich Neues einfallen lassen, wenn er in seiner »Palindromparade« das Palindrom an Paarreim offeriert bzw. auf einem Paarreimbett serviert:

Was macht der Klempner in der Not
Bei knappem Röhrenangebot?
ER HORTET ROHRE.

Und das ist nur eins von zwanzig paradierenden Palindromen.

Alles in allem also bietet der Dichter Nehm ein teils deftiges, teils deutlich verfeinertes Degustationsmenu der gehobenen Traditionsküche mit zeitgemäßen Zutaten, und das, was ich davon serviert habe, ist längst noch nicht alles, was Nehm uns da auftischt. Im Angebot hat er noch Spaltverse, Akrosticha und Wortverschmelzungen (»Eskimonolog«) – das alles mag jeder für sich verkosten, ich möchte mit einem ausgefallenen Reimdessert schließen.

»Endschallend« nennt Liede besagten Reim, und er zitiert ein Gedicht von Friedrich Rückert, der ihn naturgemäß zu ernsten Zwecken nutzte:

Die Ernt' ist wie die Saat, drum, was ihr sä't, seht!
Ein Tor, wer früh versäumt hat, und zu spät späht.

Eine ausgesucht spitzfindige Reimregel, dieser endschallende Reim! Was Wunder, daß sein Schall Unsinnsdichter aller Couleur angelockt hat.

Wohl als Parodie auf Rückert habe Heinrich Seidel die »reinsten endschallenden Reime« gedichtet, schreibt Liede – ich beschränke mich darauf, das Motto seines Gedichts »An Eveline« zu zitieren:

Wohl kann ich Dich zum Chokoladenladen laden,
Doch nicht mit Dir in Baden-Baden baden.

Das ist schwer zu überbieten, Nehm versucht es erst gar nicht. Statt sich am dreifach endschallenden Reim abzuarbeiten, lässt er ihn zum mittelschallenden Reim mutieren, und schon kann aufgetragen werden:

Wenn wir einmal in Essen essen, essen wir diät.
Als wir einmal von Kamen kamen, kamen wir zu spät.

Und so weiter durch vierzehn weitere deutsche Städtenamen, die ja so manche Tätigkeit beinhalten:

Wenn wir einmal in Siegen siegen, siegen wir nur knapp.

Aber knapp gesiegt ist auch gewonnen, und wenn noch ein Wunsch offen ist, dann der, daß dem reisigen Günter Nehm und seinem rüstigen alter Ego Reimund Prosa noch viele Siege gelingen mögen im Spiel gegen die Sprache und für den ihr eingeschriebenen Unsinn. Je oller, desto doller. Oder um es mit Nehms eigenen Worten zu sagen:

Sammansatz mit... Altistin
Die Jugend bringt uns viel Gewinn,
doch nicht nur die, auch ALTISTIN.

Foto: Carsten Apitzsch

Günter Nehm wird am 12. Juni 1926 in Wattenscheid als drittes von sechs Kindern eines Markscheiders (ab 1930 Professor für Markscheidekunde) geboren. Als er sieben Jahre alt ist, stirbt seine Mutter, eine Pastorentochter, im Kindbett. Er verbringt seine Kindheit in Wattenscheid, Clausthal/Harz und Aachen. 1943 fallen seine beiden älteren Brüder im Krieg, er wird Luftwaffenhelfer und später zum Arbeits- und Militärdienst eingezogen. Nach Kriegsende legt er zunächst sein Abitur ab und arbeitet dann im Bergbau, in der Landwirtschaft und im Straßenbau. Von 1949 bis 1953 studiert er Bergbau in Aachen. Nach seinem Diplomabschluß arbeitet er im Erz- und Steinkohlenbergbau, wobei er sich auf das Fachgebiet Aufbereitungskunde spezialisiert.

1956 heiratet er Edith Kolbe; das Paar bekommt drei Kinder (Hans-Ulrich, geb. 1957, Birgitt, geb. 1959, und Angelika, geb. 1968) und vier Enkelkinder. Seit 1958 lebt die Familie im Ruhrgebiet: in Dortmund, Dorsten, Essen und seit 1971 in Recklinghausen. 1983 scheidet Nehm, der zuletzt die Qualitätsstelle Herne der Ruhrkohle AG leitete, aus dem Berufsleben aus.

Seine ersten Gedichte schreibt Nehm, der die Freude am gereimten Wort von seinem Vater übernommen hat, bereits mit zehn Jahren. Nach dem Vorbild Wilhelm Buschs textet er Kinderbücher für seine jüngeren Geschwister, später verfaßt er kabarettistische Beiträge in Reimform, die er – oft nach bekannten Melodien gesungen – gemeinsam mit Freunden vorträgt. Auch im Beruf avanciert er schnell zum »Dichter vom Dienst«.

Seit 1975 hat Nehm mehrere Gedichtbände veröffentlicht, die von seiner Lust an Sprachakrobatik und am Spiel mit ausgefeilten Reimformen zeugen. 2001 produziert der Rezitator Lutz Görner eine CD mit Texten Nehms. Nehms Reimkunst wurde u. a. mit dem Gladbecker Satirepreis und dem Stadthagener Wilhelm-Busch-Preis ausgezeichnet. Er ist Mitglied im »Club der sanften Irren«, einer Vereinigung von Freunden der leichten Muse, und im Club deutschsprachiger Schüttelreimer.

Quellennachweis

Alle Gedichte in:
Günter Nehm: »Laura und Leopold liebten sich lüstern. Unmögliche Gedichte«, Verlag Gerhard Winter, Essen 1996
außer:
»Schwere Zeiten« und »R. Prosa als Wortschöpfer« in: Günter Nehm: »Gedanken und Erkenntnisse des Dichters Reimund Prosa«, MultiLingua Verlag, Bochum 2002
»Fisch am Haken« in: Günter Nehm: »Gedichte für Kinder«, Thales-Themenheft 66, Thales-Verlag, Essen 1991
»Katzenfutter«, »Ina Seidel mit Mann auf Kreuzfahrt«, »Maos Souvenirs«, »Ein weihnachtlicher Gänsemarsch«, »Das Trinkersonett«, »Fette Beute«, »Was ich von dir halte«, »Romanze auf dem Dorfteich«, »Circusliebe«, »Ave Eva!«: Erstveröffentlichung

Die Definitionen von *Abecedarius, Akrostichon, Anagramm, Palindrom* und *Schüttelreim* wurden zitiert aus: »Der Literatur-Brockhaus in acht Bänden«, Mannheim 1995

Alphabetisches Verzeichnis der Gedichtüberschriften und -anfänge

Hell und Schnell – Die Sammlung komischer Gedichte
Herausgegeben von Robert Gernhardt und Klaus Cäsar Zehrer
Band 2

Kurt Tucholsky
Das Ganze halt!
Herausgegeben von Klaus Cäsar Zehrer
Band 17232

Tucholskys Witz ist geradezu unerschöpflich: Seine Gedichte und Chansons zielen treffsicher mal elegant, mal dreist auf eine Pointe. Souverän bedient er sich aller literarischen Mittel, um sowohl seinem beißenden Spott als auch seiner Freude an der alltäglichen Komik des Lebens Ausdruck zu verleihen. Unerschrocken vermag er auch dann noch zu lachen, wenn anderen das Lachen schon längst vergangen ist.

Robert Gernhardt und Klaus Cäsar Zehrer stellen in jedem Band der »Sammlung Hell und Schnell« einen herausragenden komischen Dichter vor. Berühmte Klassiker kommen ebenso zum Zuge wie Geheimtips, Zeitgenossen ebenso wie Vertreter vergangener Epochen. Eines eint die Autoren dieser Reihe: Sie alle haben die deutschsprachige Literatur um zahlreiche helle und schnelle Verse bereichert.

Fischer Taschenbuch Verlag

fi 17232 / 1

Robert Gernhardt

Im Glück und anderswo

Gedichte

Band 15751

Robert Gernhardt liegt die Welt zu Füßen, hier und anderswo, im Licht wie im Schatten. Des Menschen Glück als Liebender, als Reisender, als Speisender, faßt er in seine Verse, des Menschen Unglück, als Alternder, als nur noch Begehrender und Verzehrender, bannt er in seine Strophen. Stets ist er im Bilde und macht sich dichtend eins, singt der Gegenwart ein neues Lied, kommt schnell in Fahrt und weiß doch wie tief im Leid man fallen kann. Er nimmt die Welt beim Wort und auch manch andern Dichter, um bei aller Lust am Reimen, bei allem Witz inmitten seiner Zeilen, den nötigen Ernst nicht zu vergessen. Robert Gernhardt ist ein Dichter, der mit allen Formen der Poesie meisterhaft spielt. Ob Sonett oder Blues, Ballade oder Parodie – Gernhardt überrascht stets durch seine Virtuosität. Mit Reim und freien Rhythmen, in klassischen Tönen und modernen Dissonanzen läßt er das Dasein neu erklingen. Welch Glück, daß ihm dies so sehr glückt.

Fischer Taschenbuch Verlag

fi 15751 / 1